高天原——厩戸皇子の神話

周防　柳

JN030167

集英社文庫

目次

蘇我氏・大王家関係略系図

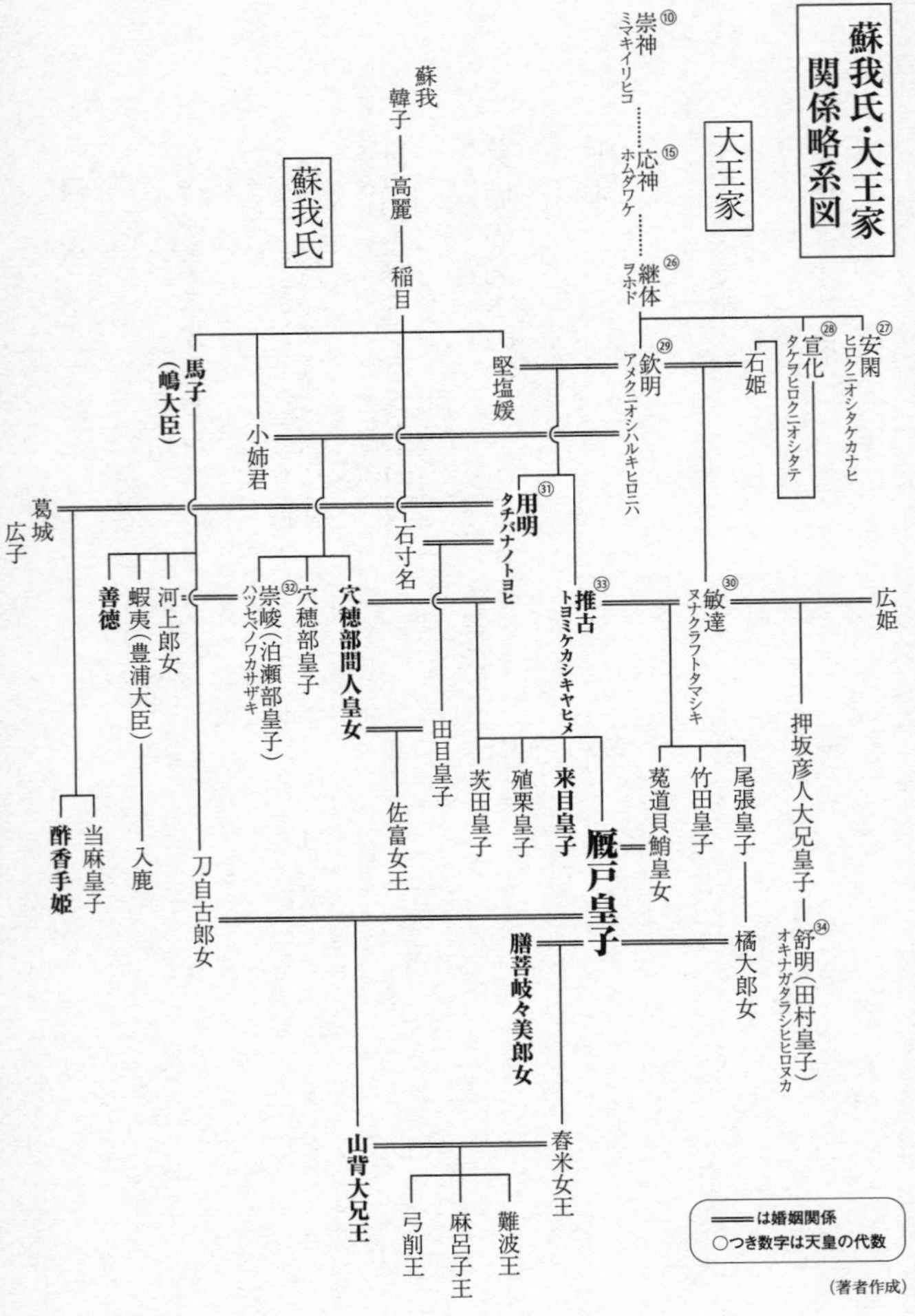

（著者作成）

葛城氏・大王家関係略系図

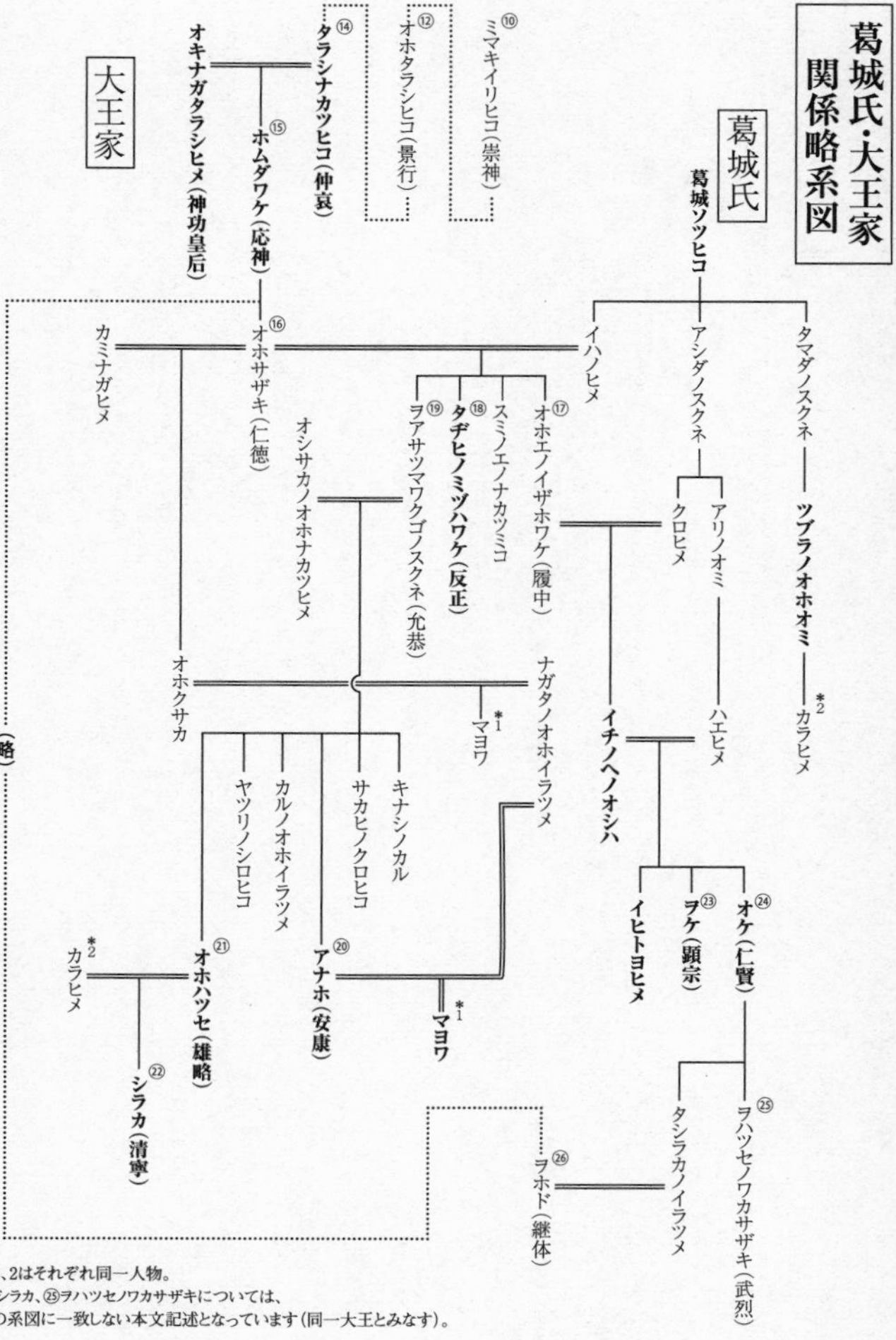

*1、2はそれぞれ同一人物。
㉒シラカ、㉕ヲハツセノワカサザキについては、
この系図に一致しない本文記述となっています(同一大王とみなす)。

高天原《たかまのはら》——厩戸皇子《うまやどのみこ》の神話《かみばなし》

アマテラスオホヒルメ

スー、トン、カタン。ツー、トン、トン。

スー、トン、カタン。ツー、トン、トン。

機織《はたお》りの振動が伝わるたびに、灯台の炎がゆらゆらと揺れる。

巫女《みこ》はふと、疲れた手を休め、壁に屈曲して映るおのれの影に見入った。

ときおり、どこかで化鳥《けちょう》の啼《な》くような声がする。鵺《ぬえ》？　青鷺《あおさぎ》？　梟《ふくろう》？　妻問いの鹿か、猿猴《えんこう》の遊びみたいな声もする。

でもそれらは騒がしいというよりも、むしろ物凄《ものすご》い夜の静寂をあぶり出し、なんだかこの世にわが身一つしかおらぬような心細さを感じさせる。

ここは神奈備《かんなび》の三諸《みもろ》のお山――、大和三輪《やまとみわ》の山中《やまなか》である。白木で組まれた矩形《くけい》の小屋のまん中に、飴色《あめいろ》に焼けた織機《しょつき》が一台ある。窓は閉ざされ、ただ一つの扉にも閂《かんぬき》がかかっている。手元から流れ出る純白の布が灯火を映し、キラキラ、キラキラ、天の川のようである。

天にまします日の神様は、年に一度、身にまとう衣を新しくお召し替えになる。その祭りの日まで、いくばくもない。さあ、急がなければ。

巫女は一息つき、仕事を再開した。

スー、トン、カタン。

ツー、トン、トン。

そのとき、上方でカサッと物音がした。

——なに？

どきり、として見上げたひたいに茅《かや》くずが散りかかり、覚えず手のひらで目元を覆った。と——、思う間もなく屋根がめりめりと破れ、黒い巨大な塊が降ってきた。

ヒッ！

機からはげしく弾《はじ》き飛ばされ、目の中に火花が散った。その次の瞬間、荒馬のような男に組み敷かれているわが身を見出《みいだ》した。右に左にもがいて逃れようとする瞳に、破れた天と地をつないで突き立っている、蛇に似たギラギラの太刀が映った。

一・厩戸皇子

「どうぞ、史様《ふひと》、おひとつやってくださりませ」

渋色に日焼けした皺《しわ》くちゃの手が、目の前で酒器を構えている。

「ごらんのとおりの貧乏人でございまして、おふるまいするものとてございませぬが――」

翁《おきな》は松が枝《え》のように曲がった腰をうーんと伸ばし、煤《すす》でまっ黒の梁《はり》をぐるりと見まわした。

「唯一、味酒《うまさけ》の三輪と申しまして、このあたりの酒はよろしいのでございます。よき水、よき米、よき乙女の手を用いて醸《かも》しまするゆえ」

「ほう」

船史《ふねのふひと》龍《りゆう》は盃《さかずき》に満たされた酒をぐっとあけた。たしかになかなかうまい。

「ほんとだな」

翁がにゅうっと目を細める。

「しかありましょう。ささ、ご遠慮なくもう一献《いっこん》」

さらに酒器の口をちょい、ちょい、と上げてみせる。

翁の後ろから妻の媼《おうな》が覗《のぞ》き込み、夫に負けぬ笑顔をつくった。カマドと客座を幾度も往復し、野菜の塩漬けやら、魚の醤漬《ひしおづ》けやら、素朴な酒肴《しゆこう》をせっせと運んでくれる。

「よいよい、翁も媼も構わんでくれ」

龍は両の手のひらを老夫婦に向け、軽《かろ》く制した。

「ここへ参ったのは、もてなしを受けるためではない。話を聞くためだ。ほかならぬ厩戸皇子《うまやどのみこ》様のご下命だ。二人ともよろしう力を貸してくれ」

冠の頭を下げた。

老夫婦は恐縮して、倍ほども床に伏せる。

「承知にございます。手前どもにわかりますことならば、なんなりと」

しかるのち、ひょい、ひょい、と人のよい顔を上げ、まず翁が問うた。

「皇子様がお知りになりたきは、オホヒルメ様のこと」

龍はうなずいた。

続いて媼が問うた。

「そうして、三輪の大神《おおかみ》様との由縁《えにし》のこと」

龍はさらにうなずいた。

翁と媼は神妙なおももちで居ずまいを正した。

龍はその二つの顔の上を等分に往復し、

「なにせい古いことじゃて、知っておる者がない。いろいろ縁《つて》をたどって、ようやくそなたらにたどり着いた。なに堅苦しゅう考えることはない。そなたらが知っておることをざっくばらんに話してくれればよいのだ。頼むぞ」

肉づきのよいあごを、ぐっと二重にした。

＊

宮廷公事《くじ》の記録をなりわいとする百済人《くだらびと》の史、船龍が厩戸皇子の斑鳩宮《いかるがのみや》に呼び出されたのは、咲き初《そ》めの梅の香の芳《かんば》しい春の日のことだった。

「龍め、参上いたしました」

「来たか」

山と積みあがり、取り散らかった書物の向こうから、カワウソよろしき姿がひょっと出た。

龍は思わず、噴き出しそうになった。

冠もかぶらず、いい加減に結うたみずらは、左右の高さが違う。まとっている白銀色《しろがねいろ》の袍《ほう》は、いつから着たきりなのか、馴《な》れてクタクタである。もしかしたら、幾日もこのうずたかい砦《とりで》のうちで起き伏ししていたのかもしれない。

厩戸皇子。

現大王《おおきみ》カシキヤヒメ（推古《すいこ》）の甥である。もうちとくわしく言えば、カシキヤヒメの兄で先々代のタチバナノトヨヒ大王（用明《ようめい》）の子である。だが、そんな高貴な身にあるまじき、ざっくばらんな風情《ふぜい》。

龍は両手を床につき、はっ、と叩頭《こうとう》した。

厩戸はかたわらの木簡《もっかん》の小山を押しのけ、「これへ」と、できあがった一人ぶんの空《くう》隙《げき》を手のひらで、ととん、と叩《たた》いた。

「急に呼び出して、悪かったの」

龍はにじり寄り、書物の褥《しとね》におさまった。

「めっそうもございません」

改めて、目の前の人を仰いだ。色白のきめ細かな肌に、双の瞳がきれいに澄んでいる。目尻の切れが長い。自分より十ほど上だから、もう四十もなかばのはずだが、とてもそうは思われない。あごひげがなければ三十路《みそじ》とも紛《まご》うだろう。それでいて頭脳はとんでもなく明晰《めいせき》なのだから、騙《だま》された気分になる。

史としてこの主人の御用に応えるようになって幾年《いくとせ》かたつ。が、このふしぎの感じはなかなか薄れない。

ちぐはぐを振り払うように、一つ、二つ、瞬《まばた》きしたところに、すとん、と用件が降った。

「せんだって嶋大臣《しまのおおおみ》から、ちと、頼まれごとをしてな」

「ほ、馬子《うまこ》様に」

「ああ」

嶋大臣蘇我《そが》馬子は大王カシキヤヒメの叔父で、カシキヤヒメの母、堅塩媛《きたしひめ》の弟である。

絶大な権勢をもって現今の廟堂《びょうどう》を支配している宰相《さいしょう》だ。厩戸皇子には大叔父に当たる。

「して、いかような？」

「うん、国史をつくりたい、と」

「む……？　こく、し……？　と、いいまするど、あの史書の？」

「さよう。この倭国《やまと》の歴史を、文字につづりたいのだそうな」

「ほお――」

さらりと言われたが、ずいぶん大きな話だ。思わずあるじの顔を凝視した。

「それはまた、たいへんなおくわだてではござりませぬか」

「まあ、そうだな」

本人はさほどにも思っていないようである。ひくひくと小鼻が動いている。むしろ興味しんしんであるらしい。

「ざっと、こういうことだ」

主君はやや擦り切れた袖のうちで腕を組み、大臣蘇我馬子からもちかけられた案件を語りはじめた。

さっこん、この倭国は唐《とう》をはじめとする海彼《かいひ》の国々としのぎを削り、負けてはならじと研鑽《けんさん》を積んでいる。が、残念ながら相手に一日《いちじつ》の長を認めざるをえないことが少なくない。

われらとて、けっして新参の邦《ほう》ではない。諸国に劣らぬ長い時間の積み重ねを有している。では、なにが違うのか。それこそまさに、史書の有無ではあるまいか。史書とは悠久の昔からの、国家の履歴書である。おのれらはいつ生まれ、どのような風土の中で、どのように戦い、どのように和し、どのような王のもとで、どのような道を生きてきたのか。それについての確たる物語があってこそ、国家の顔は明らかになる。それがなければ、じっさいには長い歴史があっても、歴史がないのと同断だ。だからこそ、成文化された国史が必要である。これから先進の国々とわたりあっていくためには、絶対に必須である──。

「たしかに、後漢《ごかん》なり、三国《さんごく》なり、宋《そう》なり、大国にはりっぱな史書がある。われらにはない。馬子の大臣、たいへんな熱弁をふるうたぞ。あれもよい年であるから、命あるうちにもう一つ、大きい仕事をなしたいとか思うのであろう」

「かもしれませぬな」

龍はこくり、とうなずいた。

蘇我馬子は若き日から絶え間ない闘争によって敵を倒し、権力の階梯《きざはし》を駆けあがった傑物《けつぶつ》である。だが、さすがに齢《よわい》七十を超え、さいきんは心身の衰弱も目立ってきた。そのあせりが、行動への情熱をかえって掻《か》きたてるのかもしれない。

国史をつくるとなれば、なみたいていのことでは無理である。しかし、金にあかせばよいわけではない。人数《にんず》を集めれば祝着《しゅうちゃく》というものでもない。むしろ、無用の邪魔だてを避けるには、かかわる者は少ないほうがよい。かつまた、おのれの狙いどおりの内容となすためには、えりすぐりの頭脳が必要だ。そのための指揮官として、馬子は厩戸皇子に白羽の矢を立てたのだ。

なにしろこの皇子はあり余る学識と才《ざえ》とに恵まれながら、世俗のことにはほとんど興味がない。いくさも、まつりごとも、大きらい。そして、大王カシキヤヒメの信望はすこぶる厚い。馬子にとってこれ以上の適役はなかったのだろう。

厩戸皇子がなまぐさい王位継承争いから一抜けし、王城から離れた斑鳩に桃源郷《とうげんきょう》をつくったのは、二十年ほど前のことである。以来、妻と子と気にいりの臣だけを出入りさせ、好きな書物と仏典にふけって生きてきた。読書ざんまいしたいときは書庫にこもり、瞑想《めいそう》したいときは夢殿にごろりと横になる。飄飄《ひょうひょう》とわが道を歩んでいる。

そんな厩戸だから、馬子からの依頼には、食指を動かされた。なかなかおもしろそうである。さっそく手足となるべき史の選抜にかかった。

現今の宮廷では、いくつかの渡来系氏族が筆記に関する仕事にあたっている。厩戸はそのなかでも優秀な、河内丹比《かわちたじひ》の船の者たちにかかわらせることにした。かくしてこんにち、その若い頭領《とうりょう》の龍を呼び出したのだ。

船史龍はぬきんでた切れ者、というわけではないが、明るく素直な性分で、常にけんめいにあるじの命令に応えようとする律義者である。

厩戸はいきさつを一気に説明すると、

「ということで、よろしく合力《ごうりき》を頼む。むろん、承知だな」

独り決めした。

毎度のことだから、龍も驚かない。

「かしこまりました。ご用の向き、うけたまわります」

両手をいんぎんについた。

＊

「ここに、わが邦の帝紀《ていき》がある」

厩戸皇子は一巻の巻子《かんす》を取り上げ、龍の目の前にすらり、と広げた。

「大王家の系図、でござりまするな？」

屈曲した線と小さな文字が、蟻《あり》の行列よろしくつながっている。

「さよう。いくつかそれらしきものが伝わっておる。だが——」

厩戸はうなずいた首を、そのまま横に二、三度振った。

「よい加減なものばかりじゃ。これなどはかなりくわしいほうだが、ちっと掘り返しただけで書き入れだらけになった」

「ほんに」

龍は改めて紙面を覗き込んだ。

あるじの手蹟《て》で完膚《かんぷ》なきまでに修正されている。

「わが大王家のたしかな祖先は、いまから十代前くらいまでしかさかのぼれぬ。それ以上になるととたんに怪しゅうなる。それでも吾《われ》はずいぶん骨折りして、なんとか二十数代前まで推測した」

厩戸皇子は系図の冒頭のあたりに手をのばし、指先でぐるぐる円を描いた。

「その、もっともさかのぼれた大王はミマキイリヒコの大王（崇神《すじん》）というての。三輪のお山の近くに宮を営まれておられたようだ。この大王から数代は、三輪山のふもとを本拠とされたらしい。幾十年《いくとせ》か幾百年《いくももとせ》かわからぬが、いま飛鳥《あすか》に都があるように、そのころはかの地がわが邦の王城の苑《その》であったわけだ」

三輪山は神威《しんい》の強い山で、古い伝えもたくさんある。周辺には由緒ある氏族も少なからず住まっている。しかし、そこがそれほど枢要な地であったとは龍は知らなかった。

「その大王が、われらが大王家の創始のおん方なのでござりまするか」

「いや――」

厩戸皇子は口許《くちもと》をややへの字に結んだ。

「創始と言うと弊《へい》があろうよ。それより前はわからぬという意味じゃ。この大王とて木の股からお生まれになったわけではない。遥《はる》かに連綿と父祖《みおや》が続いておられるはずだ。が、どういうお方らであったかわからぬし、どこに宮があったかもわからぬ」

「なるほど」

「また言えば、それ以前の倭国は土地土地の王がそれぞれ覇を唱えて拮抗《きつこう》しておってな。いくさに次ぐいくさであったらしい。それを、ミマキイリヒコ様がおまとめになり、初めて倭国の盟主といえる存在におなりになったようだ」

「ほう」

と——、応えたものの、龍はにわかには呑《の》み込めない。しばし迷子のように眼《まなこ》をウロウロさせた。

厩戸皇子はクスッと笑い、書物の壁の中から立ちあがった。

「ちと、つむりの風を入れ替えよ」

南の板戸を撥《は》ねあげた。

とたん、梅の香が部屋に流れ込み、稚《おさな》い鶯《うぐいす》がケキョ、ケキョ、と鳴いた。

龍はすうっと頭が冴《さ》えた気がして、

「と、いたしますと——」

わがあるじに向き直った。

「ミマキイリヒコ様なる大王が、混乱うち続く世をお勝ち抜きになり、とにもかくにもいまの倭国のおおもとのようなものをおつくりになった。それにともない、宮も新しう営まれた。そのめでたき場所が、三輪のお山のわたりにあった。と、そういうことでござりまするか」

「そのとおり」

厩戸皇子は、ようまとめたという目でチロリ、と見た。

書き込みだらけの系図をゆっくり巻き戻し、長い緒を器用な指で結んだ。ごくろう、と言うように、胴を軽く撫《な》でた。

「もうちと言うと、ミマキの大王の最たる敵は出雲《いずも》であったらしい」

「お、出雲――、でござりまするか」

その国を、龍は見たこともないし、行ったこともない。けれども、なにやら謎めいた、かつまた豊かにめぐまれた土地という印象を持っている。

「そう、出雲だ」

主君が意味深長に繰り返した。

「その出雲にからんで、解《げ》せぬことがいくつかある。そこをつまびらかにせねば、わが大王家の始まりの物語を描くことができぬ。で、その下調べを――」

切れの長いまなじりがきらり、と光った。

「そなたにやってもらいたいわけだ」

すわや指令が来た、と龍は居ずまいを正した。

「かしこまりました」

厩戸は文机《ふづくえ》の上にちら、と目を移した。

「まず、モモソヒメなるおん方のことを」

初めて聞く名である。龍は軽く首をかしげた。

あるじが即応する。

「ミマキの大王の叔母君か大叔母君に当たるおん方で、たいへんにすぐれた巫女様であったらしい。人びとにはオホヒルメ様と呼ばれておって、神懸かりによって幾多の勝利が導かれたとか。ミマキの大王が倭国の盟主におなりになれたのは、この巫女様の存在も大きかったやに推測される」

「なるほど」

――勝利の女神様。

龍はおのれなりの貧しい想像力で、その姿を思い描いた。

「オホヒルメ様とは、いかなる字を書かれるのでありましょう」

「ようわからぬが、大いなる日の女ではなかろうか。そなたも知っておろう。倭国では、いにしえより日の神を崇拝しておる。われらの大王は輝ける日輪《にちりん》の末裔《すえ》である。ゆえをもって、大王家では日の神を祀《まつ》る伊勢のお社《やしろ》に皇女《ひめみこ》をつかわし、神の妻として奉仕を続けてきた。そのおおもとのような巫女様ではあるまいか。

このおん方のことをできるだけくわしゅう調べてほしい。まずそれが一つだ」

「はい」

龍はおのれの膝元に、大、日、女、と指で書いてみた。

厩戸が「もう一つは――」と、続けた。

「三輪山の大神のことじゃ」

主と従の視線が絡みあった。

「と、申しますと、オホモノヌシ様でござりまするか」

「さよう」

三輪山のオホモノヌシ神は蛇神《へびがみ》といわれ、その笠《かさ》を伏せたような山容《かたち》は、大蛇がとぐろを巻いた姿だとされている。なかなか気難しい神様でもあり、ときどきご機嫌を悪くして民に祟《たた》りをなす。また、色好みの神様でもあり、狭い鍵穴を抜けて意中の女人《にょにん》のもとにしのんでいったりする。

「この蛇神様だが――」

「なんでしょう」

「もとをたどれば、どうも、出雲の神様らしいのだ。奉斎《ほうさい》しておる者らも出雲にゆかりの一族じゃ」

「え」

龍はまたしても混乱した。

「と、いうことは……、と、いうことは……？」

厩戸が引き取った。

「さっきも言うたように、われらが大王家の祖神《おやがみ》は日の神様だ。ミマキの大王もモモソヒメの巫女様も当然、日の神をたてまつっておったろう。にもかかわらず、なぜにその王宮は宿敵の蛇神様の膝元にあるのだろう。いや、そう言うと、逆《さか》しまであるのかな。なぜその王城の頭上に、宿敵の神様が祀られておるのだろう」

「いかさま、奇妙でありまする」

厩戸は、であろう、と、しきりにあごひげをいじくった。あごひげを触るのは、この皇子が熱中したときのくせである。

「こんな話がある」

「はい」

「あるとき、モモソヒメのもとに美しい神様が夜な夜な通うてくるようになった。神様は夜明けとともに消えていく。ヒメがずっといっしょにいてほしいとせがむと、神様は自分が帰ったのちに櫛箱《くしばこ》を開けてみよと言われた。ヒメがその通りにしたら、中には小さな蛇が入っておった。ヒメは驚いて腰を抜かし、その拍子に箸で陰処《ほと》を突いて死んでしもうたそうだ」

「おぅ？　みまかられたので？」

またしても、解せぬ。

厩戸も、せわしくあごひげをしごいている。

「うむ。オホモノヌシ様が女人の閨《ねや》に忍んでいって結ばれたとか、子孫が栄えたとかいう伝えはたくさんある。だが、相手の女人が死んでしもうたという話は、このモモソヒメだけじゃ」

「なるほど、思わせぶりでござりまする」

そもそも、オホモノヌシ神が出雲の神であるならば、大和の巫女のモモソヒメとは敵同士のはずである。その二人のあいだに逢瀬《おうせ》があり、しかも悲劇の結末になるとは、いかなる寓意《ぐうい》なのだろう。

しん、と沈黙になった。すう、とあえかな梅の香が流れた。

次の瞬間、ということで——と、指令者が結びらしき声音《こわね》を発した。

「そなたには以上の二つのことを調べてきてほしい」

龍は、はっ、とばねのように伏した。

「承りました」

が、威勢よく請け負ったのち、はた、と思った。そんな難しいことをどうやって調べればよいのだろう。無知なおのれが、どこの、たれに、どのようにして？

見抜いたように、伏せているつむじの上に、補足の指示が投げられた。

「三輪のお山のふもとに、鏡《かがみ》の翁という老人が女房と二人で住んでおる。そこへ行ってこい。磯城県主《しきのあがたぬし》というて、古くからかの地に住しておった一族じゃ。三輪に宮が営まれたころには少なからず大王に合力《ごうりき》し、子女を后妃《こうひ》にも入れ、それなりに威勢もあったらしい。が、その後零落《れいらく》して、ほぼ絶えてしもうたようだ。夫婦はその生き残りじゃ。先般、使者を遣わしてみたら、モモソヒメは祖先に由縁《ゆかり》があるそうで、伝えもそこそこ残っておるということだった」

厩戸皇子は木簡を一枚引き寄せ、筆でサラサラと山の形を描き、北西のふもとあたりにちょん、と黒い点を打った。

「ここじゃ、わかるな？」

龍は覗き込んだ。

——あのあたりか。

おおむねの見当はついた。

「了解にござります」

あるじはニッと笑い、

「以上だ。頼んだぞ」

書物の砦の中にごろり、と横になってしまった。

それから数刻ののち——。

龍はさっそく三輪の山元《やまもと》を訪ね、くだんの夫婦の客になったのである。


翁は皺くちゃの手を擦りあわせ、遥か遠くを望むように目を細めた。

「オホヒルメ様……。お名前をお聞きするだに幾十年ぶりでありましょう」

媼も声を揃《そろ》えた。

「さようにおざりますなあ。いや、ことによると、人様から問わるることも初めてかもしれませぬ。古い話じゃ。たれも覚えておらぬいにしえ話じゃ」

汚れた前垂れをはずし、小さな膝の上で几帳面《きちょうめん》に四つ畳みにした。

「なんでもお話しいたしまする」

よく似た猿めいた顔を、目の前に二つ並べた。

二・磯城の翁

あいあい、さようにござります。史様のおっしゃるとおりでござります。オホヒルメ様はそれはそれはごりっぱな巫女様でござりまして、日の神様に深く愛され、ミマキイリヒコの大王《おおきみ》がお栄えになるのに大きゅう貢献なさったのです。

われら磯城県主は、かの大王が宮を営みなさる以前よりこの大和神奈備に住しておりました。オホヒルメ様の母君はわれらが一族でござります。

伝えによりますと、かのおん方がある日寝所で眠っておられたら、輝かしき朝日が一条、裳裾《もすそ》をくぐって陰処にさし込みました。そうして生まれたのがオホヒルメ様でありますそうな。

オホヒルメ様のお美しさはこの天《あめ》が下《した》に並ぶものなく、容貌《みかお》はきらきらしゅう、お肌はまばゆいばかりに白く、瞳は艶めき、漆黒の髪はどこまでも長く、周囲の者たちはまぶしうて、まともにお顔を拝見することができなんだそうにござります。あまりにまばゆいので、つねにお目元だけを残して紗《しゃ》をまとっておられたのですが、そうしますとなおのこと秀でたおんまみえが引き立ち、少しも隠すことになり申さない。おからだはし置き豊かで、丈高く、衣で覆えば覆うほどお美しさがあからさまになったと申します。

お美しいだけではござりませぬ。神様の中でももっとも尊き日の神のご加護を背負うておられますゆえ、お口から出る言葉の重みはたとえようもござりません。

ミマキの大王のじぶんは、諸国にいまだ敵が多うございました。ゆえにこそ大王はオホヒルメ様を頼もしゅう思われ、どこへ遠征なさるにもお連れなさりました。その際には白木の輿《こし》を担ぎたて、陣地においては清々《すがすが》しき壇を組み、周囲には赤々とかがり火を焚《た》き、諸将諸兵を喚《よ》び集め、そのお口から出るありがたきお言葉をお聞かせになったそうにございます。

オオヒルメ様はふだんはたおやかなるおん方なのですが、神様が降りられると人が変わったようになられました。ときには天に吸いこまれんばかりに烈《はげ》しく舞い、ときには巌《いわお》のようにうずくまり、ときには男と紛《まご》う朗々たるお声を発され、見る者を圧倒したそうにございます。

その威厳に触れると、もののふはみな勇気りんりん、士気も高まり、心は一つにまとまったとか。その仰せにそって武略を進めますと、必ず勝利を手にできたそうにございます。

——進め！　突っ込め！　跳べ！

——とどまれ！　しのげ！　伏せよ！

大王にとってオオヒルメ様は、なくてはならぬ勝利の女神様であったのです。

お二人がおん手をたずさえること幾十年。ようやく長かったいくさに終息の気配がみえました。畿内《きない》、瀬戸《せと》、筑紫《つくし》の王たちとも連合し、残すところの大敵は出雲のみとなりました。出雲は伯耆《ほうき》や高志《こし》などと組んでおったのですが、大王は策を練って奮闘され、ようやく降《くだ》すことができたのでございます。

とは申せ、圧勝ではございませんでした。辛勝《しんしょう》でございまして、油断ができませんでした。出雲は古くから海の向こうと交易し、富と知恵をたくさん持った国でございます。相互の王のあいだで何度も難しい交渉が行われました。その果てに、出雲から一人の王子様が、人質としてやってきたのです。力のある者同士《どち》がむつかしき均衡を保とうとするとき、よう行われることでございます。

しかし、そのまつりごと上の駆け引きが、われらのうるわしきオホヒルメ様のおん身の上を狂わせたのでございます。

＊

撥ねあげた窓から、たそがれの紫の空がのぞいている。

いつの間にか、室内も薄暗い。

「ずいぶん暮れたな」

龍は袍の袖口から手先を突っ込み、すりすりと二の腕あたりを撫でた。

嫗がすばやく見とがめ、膝元に手あぶりを据えてくれる。

「日が落ちると冷えまする。破れ屋ゆえ、隙間風《すきまかぜ》が多うございますし」

「すまぬな」

笑顔を返すと、媼はいえいえと恐縮する。その背後から、翁が「史様、進んでおられましょうや」と、美酒をすすめてくれる。

龍は盃を受けながら、話の続きをうながした。

「強敵出雲の王子が、この地へやってきた。で、どうなったのじゃ」

翁は、「はい」と酒器を持ったまま、憂わしげな顔をした。

「その王子様はスサ王子様と申されまして——」

「ほう、スサ王子」

「史様は知っておられましょうか、出雲の祖神《おやがみ》様のお一柱《ひとはしら》にスサノヲ様とおっしゃる神様がおわします。お名前の由来は、荒れスサぶスサノヲ様じゃとか、お国の須佐郷《すさごう》にちなみがあるスサノヲ様じゃとか、いろいろに申します。スサ王子様の母君も須佐郷のおん方でありましたから、若君もスサ王子と呼ばれるようになったのでございますが、そのあだ名に負けぬくらい、およそ恐れを知らぬ、剽悍無比《ひょうかんむひ》の若様でありました」

「ふむ」

「お話がちと前後いたしまするが、出雲のスサノヲ神は、大蛇《おろち》にゆかり深き神様でござりまして」

「おっ——」

その刹那《せつな》、背後でしゅるっと空を切るような気配がして、龍が振り返ると細長いくち、なわが土間にうねうねと身をよじらせていた。翁がしっと足を鳴らすと素早く扉の隙間から逃げていった。

翁は「噂《うわさ》をすれば影じゃ」と、小さく笑った。

「ここいらは蛇が多うございます。三輪山といえば蛇でございまするゆえ」

——出雲の大蛇……。

——三輪山の蛇神……。

龍は弾かれたように乗り出した。謎の糸口がつながった気がした。

「翁、それだ、そのスサノヲ様とやらの話をくわしゅう聞かせてくれ」

「あいあい、承知でございます」

翁はいまくちなわが逃げていったほうをちら、と見やったのち、

「かの国にこんな伝えがございます」

まじめな顔でこくりとした。

「その昔、出雲の国の肥《ひ》の河《かわ》のわたりに、毎年、八つの頭と八つの尾を持つ大蛇が現れ、土地を荒らし、若い娘を人身御供《ひとみごくう》に取り、民を苦しめておったのです。そこへたまたまスサノヲ様が通りかかり、悲しそうに泣いている親子を見つけました。スサノヲ様が『なぜ泣く』と理由を尋ねると、夫婦はこれこれしかじかと大蛇の悪行を訴え、もうじきこの娘も大蛇に奪われてしまう、と答えました。スサノヲ様は彼らを憐《あわ》れに思《おぼ》し召《め》し、

奇策をもちいて大蛇を退治してやり、その返礼として、娘を自分の妻にもらい受けたそうにござります」

「おもしろい」

翁はうれしそうににこ、とした。

そして、「さらに申しあげますと」と、続けた。

「これは、スサノヲ様がヤマタノヲロチを退治したお話でありますが、そのスサノヲ様自身、さらにお強き大蛇の神様であられたのです。大蛇の神様ということは、すなわち水神《すいじん》様でもござりまして、出雲の国土《くになか》を流れる肥の河――八俣《やまた》に割れ、うねり流れる暴れ川――の神様でござります。ですから、これは大蛇同士《どち》の戦いのお話ともいえるのです。

この戦いに勝ち抜かれたスサノヲ様は、敵の尾を切り裂いた中から、天叢雲剣《あめのむらくものつるぎ》という宝剣を得ます。銀色燦然《さんぜん》と輝くその太刀がまた、蛇体の徴《しるし》なのでござります」

「大蛇を成敗した神様……」

龍は後背に存するはずのお山を仰いだ。

翁は「さようです」と、うなずいた。

「三輪山の蛇神様とは、じつは出雲のスサノヲ様なのでござります。いえ、そう言い切ってしもうては障《さわ》りがありましょう。出雲の祖神スサノヲ様の、蛇身《じゃしん》としての荒ぶる御《み》霊《たま》が三輪のお山に宿っておるのでございます」

――蛇身としての荒ぶる御霊。

龍はぶるっと武者震いした。

そして、いまいちど思案した。

「しかし翁、なぜにであるか。ミマキイリヒコの大王は幾十年もいくさにあけくれ、さんざんご苦労を重ねた果てに、この大和神奈備に王宮をおつくりなすった。にもかかわらず、そのお山になぜに敵の神様がお祀りされておるのか」

「もっともなお疑い」

翁のやや灰色がかった瞳に、深い色が満ちた。

「仰せのとおりでございます。この三輪のお山は、もともとは出雲の蛇神様をお祀りするお山ではございませなんだのですから。大和の大王家が崇《あが》める日の神様をお祀りするお山であったのですから」

「おお、やはり、そうか」

龍は膝を打った。

ならば合点《がてん》がいく。そのほうが自然である。

「それが、なにゆえ出雲の神様のお山に？　翁、その話、もそっとせよ」

さあらば――と、翁は身をよじって妻をかえりみた。

「ばあさんや、おまえがお話し。女子《おなご》の物語は女子が語るがふさわしかろう。いかなおまえのような枯れ桜であっても」

あごのあたりを、くいくい、と動かした。

媼は相変わらずかいがいしく火鉢を按配《あんばい》したり、酒肴の皿を調《ととの》えたりしていたが、夫にうながされると素直に肯《がえ》んじた。

「では、この婆《ばば》がちと、いたしましょうかい」

龍のまん前に小さなからだを折り畳んだ。

龍はごくりと唾を飲んだ。

「媼、よろしゅう聞かせてたもれ」

窓からうかがい見る空は、もうとっぷりと群青《ぐんじょう》に暮れている。

*

これはわれらが一族に伝わっております話ゆえ、もしかしたら正しうないかもしれませぬ。また、場合によりますと、いまの大王や皇子様方に失礼にあたることかもしれませぬ。障《さわ》りがありましたら、ひらにご容赦願います。

いまわが背《せ》が申しましたように、この三輪のお山はもともとは蛇神様のお山ではござりませなんだ。日の神様をお迎えするお山でござりました。青垣《あおかき》山ごもれる大和のうちでも、三輪山ほど美しきお山はござりません。このお山は正しく大和のひむがしにあり、真秀《まほ》なる頂《いただき》の向こうから、毎日朝日がさしのぼります。その輝きは崇高このうえもござりませぬ。生きとし生けるものをおはぐくみくださる、ありがたき日の神様でござります。もともとはその御名をこそ、オホモノヌシ様と申しあげたのです。オホモノヌシとは、この世のすべての造化のあるじ様という意でござります。

ミマキイリヒコの大王も祖神様として日の神を崇めておられましたから、きびしきいくさに打ち勝ち、倭国《やまと》の全土を統《す》べるには、三輪の山元よりふさわしきはなしとして、この地に王宮をもうけられたのでござります。

大王の伴侶《はんりょ》たるオホヒルメ様は、お山の中の磐座《いわくら》で祈られ、大事あるときはおん身に神様を迎え、大王のまつりごとをお援《たす》けなさりました。そのおかげをもって、大王の御《み》代《よ》はいやましに栄えていったのでござります。

ところがこの順風が、出雲の王子様がおいでになったために、おかしうなりました。スサ王子様は剛勇無双《ごうゆうむそう》のスサノヲ神の申し子といわれるだけに、それはそれは気の荒い、恐いもの知らずのおん方様であられました。いつもとびきり大きな太刀を佩《は》き、これはかのスサノヲ神がヲロチを退治したときに得た天叢雲剣じゃとうそぶいておられました。

片時もじっとしていることができず、毎日遠乗り、狩猟、水浴、と、遊びに興じられます。ことのほかお馬がお好きで、珍しき斑駒《ふちこま》の裸馬を乗りまわしておられました。

と、申しあげたら、王子様は人質ではないか――、と史様は思われましょう。けれども、王子様は牢《ろう》に繋《つな》がれておるわけではないのです。むしろ、両国の王の駆け引きの鍵であり、粗略には扱えぬお方であります。よってミマキの大王も王子様のためによき土地を選び、みごとな屋形をしつらえ、たくさんの従者をあて、不如意《ふにょい》のなきよう遇されました。まつりごとの機微に触れることでなければ、王子様はなにをなさるのも、どこへ行かれるのも、自由だったのでございます。

ちと前置きが長《なご》うなりました。では、そのスサ王子様がオホヒルメ様を見初められたのはいつだったのでございましょう。伝えによりますと、最初のお目見えの儀式のとき、早くも惚《ほ》れなすったといわれております。

オホヒルメ様はすでにおん年三十五を過ぎておられ、対する王子様のほうは、巫女様より十以上もお若《わこ》うございました。けれども、オホヒルメ様にはお年などは超越した神々《こうごう》しさがありました。ゆえに、王子様もお胸を射貫《いぬ》かれたのではなかったでしょうか。

王子様は大王の御前《おまえ》に出られると、片膝をついて臣従を誓うお言葉を述べられ、大王も至極ご満悦になられました。が、王子はその言葉が終わるや、大王の後ろに控えておられるオホヒルメ様にお目を当てられ、なんと、なんと、御名をお問いになったのです。

いわく――。

これまでわれら出雲は武勲《いさおし》を誇り、他国とのいくさで敗北したことはない。ところが、貴国にだけは歯がたたなかった。その理由《わけ》は、貴国に比類なき守護女神がついているせいだと伺《うかご》うておる。吾は零落の身なれど、そのおん方にお目にかかれることだけを楽しみにこの大和へやってきた。かくなるうえは、この囚《とら》われの身を哀れに思し召して、お名前だけでもお聞かせ願いたい――、と。

女人の名を訊《き》くのは求愛の行為でござりまする。それを大王ご列席の場でなすったのですから肝太《きもぶと》です。みな啞然《あぜん》といたしました。けれども、そこまであけすけに公言されては、大王もかえって無下《むげ》にできません。

苦虫を嚙《か》みつぶしながら、お応えになりました。

「これなる巫女は、わが大叔母にあたるモモソヒメと申す。われらの守護女神じゃ。王子も心弱きときは加護を頼むがよろしかろう」

王者としての大器《うつわ》を見せるために、こんな鷹揚《おうよう》なお言葉を与えてしまわれました。

それ以降、王子様は大王のお墨つきでも得たかのように、オホヒルメ様の行く先々に姿を現すようになりました。

こんな王子様に対して、オホヒルメ様は隙《すき》をつくらぬようよくよく用心されたのですが、王子様のほうは想う相手に近寄れぬほど、恋心を募らせなすったようにござります。

そのような次第で、王子様が巫女様のお跡を執拗《しつよう》に追いかける日々が一年ほども続き、その果てに、ゆゆしきことが起こったのです。

恐ろしい、ほんとに恐ろしい悲劇が起こったのです。

*

それは、オオヒルメ様が日の神様に捧げる神御衣《かんみそ》を織られていたときのことでございました。

日の神様は、時の移りと密にかかわりを持っておられ、春夏秋冬、いろいろな儀式がございます。その中でも年に一度、お召しものをお替えになるお祭りがございまして、そのための布を巫女が織りあげるのです。神様が身に着けられるのですから、とりわけ清らかでなければなりませぬ。このための機織り小屋を忌服屋《いみはたや》と申しまして、三輪の山中にござりました。男子《おのこ》はむろん禁制。女子《おなご》でも神の妻たる巫女以外は入ってはなりませぬ。護衛の者も近づけません。小屋はお山の中でも目に立ちにくい、森の奥深くにござりました。

そのとくべつに清浄な場所に、スサ王子様が押しかけていかれたのです。小屋には閂《かんぬき》がかかっておりましたから、屋根によじのぼり、ご自慢の天叢雲剣でもって茅葺《かやぶ》きを切り破り、乱入されたのでございます。そうして、オオヒルメ様に襲いかかられたのです。

異変に気づいたのは、オオヒルメ様に仕えておられた若き巫女のトヨヒメ様でございました。トヨヒメ様はミマキイリヒコ大王の皇女で、オオヒルメ様より二十もお若くあられたのですが、清く賢く、お心延《こころば》えたしかで、オオヒルメ様のご後継として嘱望されておられました。そのトヨヒメ様がいまにも気絶せんばかりの御気色《みけしき》で、お山を駆け下り、王宮に助けを求めていらしたのです。

大王が忌服屋に駆けつけますと、凍りつくような眺めがございました。小屋はいちめん血の海で、朱《あけ》にひたるようにして、裸身のオオヒルメ様がこと切れておられました。オオヒルメ様のお手には例のスサ王子様の太刀が握られ、ご自身の喉首《のどくび》のあたりを一突きされておりました。おそらくおん身を穢《けが》された屈辱に堪えかね、ご生害《しょうがい》なさったのでありましょう。太刀は血を吸って膨れた大蛇のように赤と銀の斑《まだら》に光り、このうえなく不気味であったそうにございます。

小屋の外にはあるじを失った斑駒が、梛《なぎ》の木に手綱《たづな》を結わえられたまま首を垂れておりました。

前代未聞のことに、大王がお怒りなすったのは申すまでもございません。即刻山狩りの号令をかけ、山中に潜んでおったスサ王子様を捕え、大王おんみずから一刀のもとに斬り捨てなさいました。怒髪《どはつ》天を衝《つ》く、とはこのことでござります。だいじな巫女様を奪われ、神聖なお山を荒らされたのですから、当然でありましょう。

うら若きトヨヒメ様も、まことにおかわいそうでござりました。トヨヒメ様は常はほとんどオホヒルメ様のお傍《そば》を離れぬのでありますが、この日はとくにオホヒルメ様が静かに機を織りたいと仰せられたので、お仕えを遠慮なすったのです。

こんなことなら、オホヒルメ様をお一人にするのではなかった、おのれがお傍におればこんなことにはならなかったのに、と、嘆き悲しまれました。

ああ、いまこうしてお話ししておりましても、婆は身が震え、鳥肌が立ちまする。げにげに恐ろしきことにござりまする。

＊

「なんともはや――、媼、それはまことの話か」

龍は絶句した。

媼は垂れたまぶたを精いっぱいに開き、

「まことでおざりますとも。このようなゆゆしき話を、無闇やたらと申されましょうや」

　翁も揃って、こくこくとうなずく。

「媼の中すとおりにございます」

　龍はくらくらと眩暈《めまい》のする頭を振り、さらに問うた。

「それで、媼、そのあとは？　どうなったのじゃ」

　日の神に仕える大王秘蔵の巫女と、敵国の人質の王子が揃って死んだのだ。しかも尋常な死に方ではない。国じゅうが動揺したに違いない。

「さようにございます。大王もなんとか伏せようとつとめられたのですが、人の口に戸は立てられませぬ。アッという間に尾ひれがついて、禍々《まがまが》しい噂が広がりました。

　さらに、この凶事が祟ったのでございましょうか、以後、ゆゆしき天災があいつぎました。ひどい旱《ひでり》が続いて大凶作となり、そのあと疫病《えきびょう》の嵐が吹き荒れました。民の数はあっという間に減じました。そこへもってきて、今度は大雨が降りやまず、田も畑も流されました。かつてであれば、ここでオホヒルメ様のご登場となり、日の神様のご加護を頂戴できたのですが、もはやそれもなりません。

　さらに悪いことに、大和の大王家が弱ったのを見て、いったん抑え込んだはずの敵国が不穏に騒ぎはじめました。とりわけ脅威となったのは出雲でございます。それでなくとも和平のために預けておいた王子様を殺されたのですから、黙っておりませぬ。かくして内も外も抜き差しならぬようになったのでござります」

「危機だな」

「げにげに、でおざります」

媼はもの思わしげにうなずいた。

「そうしておるうちに、ある夜、ミマキイリヒコの大王の夢枕に光背《こうはい》を伴った大神が立ちました。神が手にした太刀には、頭と尾が八つに割れた大蛇の飾りがついており、かくのたまいました。

『われは出雲の祖神スサノヲである。なんじはわれらとの約束を破り、われらの愛《いと》しき王子をいたぶり殺した。現今、なんじらが受けておる災いは、荒れ狂うわれの怒りである。これ以上民を苦しめとうなかったら、わが御霊を三輪のお山に迎え、わが子孫たる出雲の民に祀らしめよ。さすればわれは怒りをおさめよう。国土にはふたたび安寧が戻るであろう』

スサノヲ神がそう語るうちに、太刀に巻きついていた蛇がするするとほどけ、大地に落ち、こちらに向かってくわっと鎌首をもたげました。大王は悲鳴をあげて飛び起きました。そして、夢のお告げに従うことになすったのです」

「ほうー」

龍は感服して聞き入った。

媼が続ける。

「もとはといえば、スサ王子様がオホヒルメ様を襲うたのが悪いのです。けれども、いまは四《し》の五《ご》の言うておられませぬ。それに、お山はすでに忌まわしき血で穢されました。もはやおのれらの日の神様を斎《いっ》く場としてはふさわしゅうありませぬ。であれば求めに応じて敵に明け渡し、国土に平穏が訪れるほうがようございます」

「そうだな」

「大王は三輪のお山に出雲の神様を祀り、出雲の民に奉斎させることにいたしました。そうしましたら、じじつ天変地異も疫病もやんだのです。国力が復活いたしますれば、民の心も安らかになり、出雲をはじめとする敵勢のざわめきも、おのずと鎮まってまいりました」

「祝着じゃ」

「はい。めでたしでござります。ということで、その後、大和三輪山は蛇神様の宿りたもうお山となり、時を経るなかで、そのお名前はオホモノヌシ様であるというふうに紛れ知られていったのです。このとき選ばれた祭祀《さいし》の人びとの子孫が、いまの三輪君《みわのきみ》でござります」

そこまで語ると、媼はほうっ、と大きく息をついた。

「しまいか」

龍は媼のちんまい顔をものほしげに見つめた。

おもしろい話だった。なんだか終わるのが残念だった。

すると、

「もうちとござります」

媼がにこ、とした。

「そうか、ぜひ頼む」

龍はかぶりつくようにうながした。

媼はふたたび皺だらけの口を開いた。

「はい。かくして大王は当面の災禍《わざわい》は抑えることができたのですが、まだ大きなお仕事が二つ、残っておりました。

一つはむごくも失われたオホヒルメ様のお跡でござります。大王家には、どうしても日の神にお仕えする巫女様が必要です。そのお役目を、大王はお若い皇女《ひめみこ》のトヨヒメ様につとめさせたいと思われました。トヨヒメ様であれば、お血筋といい、人品といい、巫女としての素養といい、申し分がござりません。

それからもう一つのお仕事は、三輪のお山に代わる神聖な祈りの場を見つけることでござります」

「いかにも必要だな」

そこで——と、媼が語気を強くした。

「手をつくしてよき地が探され、伊勢にその場が定められたのでござります。かの地は三輪のお山からさらにさらに、お天道《てんと》様がさしのぼる真東を慕《しと》うていった涯《はて》でござります。このうえなく雄大で、うるわしき海から、神々しき朝日がのぼります。伊勢はもともと日の神の崇拝が盛んでござりましたから、これ以上ふさわしきところはなかったのです」

「おお」

龍は初めて伊勢の社の意味を知った。

「それで、かの地に大王の皇女がおつとめされるようになったわけだな」

「さようでござります」

「ふうむ」

龍は深く納得した。

「以上でござります」

媼の顔に、役目を果たし終えた安堵《あんど》の感じが満ちた。

——なるほど。

——そういうことであったか。

三輪山のオホモノヌシ神がなぜ出雲由来の蛇神様であるのかわかった。そのオホモノヌシ神と大和の巫女のモモソヒメとのあいだに、なぜ破綻《はたん》した恋を思わせる言い伝えがあるのかもわかった。もともと日の神であったはずのオホモノヌシ神が、なぜ蛇神に変容してしまったのかもわかった。

龍は改めて鏡の翁夫婦に頭を下げた。

「翁も嫗もこのとおりじゃ。よう話してくれた」

二人は皺くちゃの皮膚をさらに皺くちゃにした。

「とんでものうございます。お粗末様でございました」

そして、

「さて、史様、お疲れになりましたろう。ご気分直しに、もうちと酒を用意してまいります」

嫗は曲がった腰を伸ばし伸ばしして、カマドへ立っていった。

龍がその後ろ姿をなんとなく見送っていると、翁が「おお、そうじゃ」と手を打った。

「なんぞ？」

「もひとつ、われらが伝え聞いておることがございました」

「ほう」

「新しき斎《いつき》の場を伊勢に定められた大王は、新しき巫女トヨヒメ様のお目見えのために、みごとな儀式を執り行われたそうでございます」

媼が「そうそう、さようでござりましたなあ、おまえ様」と口を揃えながら、戻ってきた。

「ささ、史様、おひとつ」

新しい盃に、とくとく、とついでくれる。

「あいすまぬ」

一仕事終えたせいか、昼間より酒の味を甘く感じる。

媼は膝の上に両手できちんと酒器を持ち、

「ずいぶんと凝った宴《うたげ》であったやに聞いております」

話の続きを引き取った。

「どのような」

「トヨヒメ様にはいったん深い窟《いわや》の奥にお隠れいただき、夜の間に楽《がく》と踊りの賑《にぎ》やかな祝典をもよおし、朝日がさしのぼるとともに、ふたたび晴ればれと窟からご登場いただいたのじゃとか。集うた人びとはむごくみまかられたオホヒルメ様がさらにお若く、お美しく、神々しくよみがえられたように思いなし、歓喜の渦となったそうにござります る」

「それ、それ」

脇から翁が相槌《あいづち》を打った。

「そのお話でございましたら、伊勢の猿女君《さるめのきみ》の方がたなんぞにお尋ねあると、くわしきことがわかるかもしれませぬ」

「ふむ、ふむ、さようか。よいことを聞いた。厩戸皇子様にも申しあげてみよう。重ねて礼を申す」

翁は「なんの」と大仰《おおぎょう》に痩せた手を振った。

「ささ、こんどはこの爺《じじ》が」

媼から酒器を受け取り、陽気に勧めてくれる。

龍はおっとっと、と受け、ますます甘く感じる盃を干した。

ふいに手元がふらっと揺れ、酒が床にこぼれた。急激に眠気が襲ってきた。

盃を置き、こめかみをつかみ、目を二、三度、しばたたいた。

媼がおや、と言った。

「史様、眠うおなりでございまするか」

「そなたらがよう勧めてくれるで、ちと過ごしたかもしれぬ」

言葉にしたら、なおのこと激しい眠気を感じた。ぐらり、と一周船を漕いで戻ってきた。目のまん前にぎゅうっとしぼった巾着《きんちゃく》のような媼の笑顔があった。

「どうぞ、史様」

部屋の奥のほうへうながされた。

「あれにお床《とこ》をのべてあります。横におなりなさいませ」

翁も脇から言う。

「お疲れでありましょう、どうぞ」

老夫婦に両脇から抱えられるようにして横になった。魂が溶け出していくように心地よい。

頭上から降る老夫婦の声が、洞窟の中にでもいるように、わんわんとにじんで聞こえる。

「せっかくおいでになったのじゃから、お山へ……」

「しかし、禁足の地ゆえ……」

「さようさなあ、障りがありますかのう……」

ああ、そうだ、と思った。三輪のお山へ入ってみたい。この目で見てみたい。日の神様をお迎えしたという磐座やら、神御衣が織られた忌服屋というところなんぞを……。

＊

はっと気がついたら、龍は鬱蒼《うっそう》とした杉の森の中にいた。

皓皓《こうこう》と月が照っている。そのまっ白な明かりに照らされて、木の間の向こうに小屋が見える。うっすらと扉の隙間から灯りが漏れている。

小屋のかたわらでなにかが動き、小さくいなないた。馬だ。手綱で繋がれているらしい。特徴のある斑模様の裸馬だ。あれは……？　さっき話に聞いたスサ王子の斑駒だろうか？　ということは、あれが例の忌服屋？

目を凝らし、耳を澄ましていると、風に乗って機織りの音が聞こえてきた。

スー、トン、カタン。

ツー、トン、トン。

ああ、やはりそうだ。モモソヒメがあそこで神御衣を織っているのだ。

と、思うそばからカサカサ、と柴木《しばき》を踏む足音が近づいてきて、夜目にもあざやかな美女が目の前を駆け抜けていった。風にそよぐ白い衣が、天女の羽衣《はごろも》のようだ。

——あっ。

思わず声をあげそうになった。

——いまのは……。

——トヨヒメか？

いや違う。うら若い皇女には見えなかった。豊満な、三十、四十恰好《かっこう》の女人だ。すると、モモソヒメ？　む……？　では、小屋の中で機を織っているのはたれなのだ。

月明かりの下、白衣の美女はいまにも灯火の漏るる小屋へ至りつかんとしている。

そのとたん、疑念が湧き起こった。

鏡の翁夫婦が先ほど語った話は、なにか、間違っているのではないか。

若き巫女のトヨヒメが、忌服屋ですでにこと切れているモモソヒメを発見した、と彼らは言った。だが、じじつそうだったのだろうか。トヨヒメが小屋に駆けつけたとき、モモソヒメはまだ生きていたのではなかろうか。ことによると、トヨヒメはモモソヒメがスサ王子に凌辱《りょうじょく》されているところを目《ま》のあたりにしたのではなかろうか。

だが、もしそうであるとしたら、なぜにトヨヒメはみすみす王子を見逃したのだろう。また、なぜにモモソヒメの生害をとどめなかったのだろう。

あるいは――。

妄想が膨らんでいった。

モモソヒメはほんとにみずから命を絶ったのだろうか。違うのではなかろうか。だとしたら、たれが？

スサ王子は大王が斬り捨てた、と媼は言った。が、それも違うのかもしれない。では、たれが？

また目を上げて、彼方《かなた》の忌服屋を見た。白い巫女は扉に手をかけ、必死に開けようとしている。が、開かぬようだ。

――あの中にいるのは……。

まとまらぬ頭でぐるぐると考えつづけた。

三・モモソヒメ

どこかで、化鳥の啼くような声がする。鵺か？　青鷺か？　それとも梟か？

だが、満月の明るい晩だから、さほどにおどろおどろしい感じはしない。

先ほどから裳裾をからげて走りつづけていたモモソヒメは、山中の三つ目の磐座で立ち止まり、両膝に両の手をついた。疲れた。はあはあ、はあはあ。立ち止まったとたん、からだじゅうに汗が噴き出す。疲労した目に、おのれの白い衣が痛いほどしみる。

――童女《わらわめ》でもあるまいに。

こんなにも息を切らして山路を走るなんて。どうかしている。

けれども、走れば走るほど胸がときめき、頬に血がのぼる。こんな気持ちは生まれて初めてだ。

――急がなければ。

かたわらの磐座に一刹那ひざまずき、まるで心のこもらぬ祈りを捧げ、ふたたび杉の森の中を走りはじめた。

――もう、おいでになっているに違いない。

――それとも、もう帰ってしまったろうか。

走りながら、じりじりと焦《じ》れた。焦れるほどに足がもつれる。目指している相手はスサ王子である。

おのれは神の妻として、俗人とは交わってはならぬ身である。相手は敵国の人質である。そのうえに十以上も年下である。その男に、忌服屋という場所を示し、来いと誘った。自分のほうから誘った。

――なんという、はしたない。

でも、止められない。

モモソヒメにとって、スサ王子は最初から気になる男であった。侍女に「あれが出雲の王子様ですよ」と教えられたときから、胸が高鳴った。それは、その男の獲物を狙うような鋭いまなざしのせいであったかもしれないし、野生の馬のような筋骨のせいであったかもしれない。あるいは、不遜きわまりない挙措《きよそ》の中に透《す》き見える愁いのせいであったかもしれない。

初めて会ったその日、その男はみじんも目をそらさず、自分の名を問うた。胸のどまん中を矢で射貫かれた。それが恋というものであることを、モモソヒメは生まれて初めて知った。

王子は自分の行く先々に、風のようにやってきた。あるときは外出の輿のかたわらに特徴ある斑駒をぴたりとつけ、

「ごきげんよう、うるわしのオホヒルメ様」

などと、ちゃかすように挨拶した。

またあるときは、王宮の塀の上に腰かけ、哀愁たっぷりに草笛を吹いた。またあるときは斎の庭のスモモの大木にのぼり、熟した実をむしゃむしゃ食べた。侍女や護衛の者たちが騒ぎはじめると、かき消すようにいなくなった。まるでいたずら小僧であった。

顰蹙《ひんしゅく》以外のなにものでもなかった。けれども内心、悪い気はしなかった。

ときには見るも愛らしい野の花や、咲き初めのみごとな桜や梅の大枝が、屋形の入口に置かれてあった。そのムラ気なありように、また心を揺さぶられた。

モモソヒメはものごころついたころからみなにかしずかれ、平伏《ひれふ》され、讃《たた》えられて生きてきた。けれども、生身の女として迫ってくる男は一人もいなかった。大和随一の巫女は純情であった。

そのうちに、出雲の人質王子はさらに大胆になり、神聖な三輪山のうちにも姿を現すようになった。

三輪のお山には、ふもとから頂に向かって七つの磐座がある。巫女は季節により刻限によりふさわしい場所を選んで日の神の御霊を享受する。神聖なお山であるから注連縄《しめなわ》

で結界されていて、男子禁制であることはもとより、女人であっても巫女以外は入れない。だから、モモソヒメも磐座におもむくときは、いつもトヨヒメのみをおつきとするか、単身であった。

ある日、北側の磐座の一つで祈りを捧げていたら、身に感じる日の恵みが急に断たれた気がした。ハッとして顔を上げると黒々とした塊が、陽光を遮《さえぎ》って佇立《ちょりつ》していた。王子だった。

驚いて、後ろに飛びすさろうとした——、のより一呼吸早く腕を取られ、引き寄せられた。

「このような場所に現れたこと、謝ります。けれども、こうでもしないとあなたに近づけない」

恐怖と歓喜に惑乱《わくらん》しながら、相手をもぎ離した。

「わたくしは日の神の妻です。あなたのお求めに応えることはできません。そのようなことはわかりきっているではありませんか」

すると、「そうかな」。相手は急に傲岸《ごうがん》になった。

「あなたが神につかえる巫女ならば——」

ひた、と目を見据えて言い切った。

「吾は出雲の大神スサノヲの末裔だ。吾は神のようなものだ。あなたは吾の巫女になればよい。そうして、吾に奉仕すればよい」

——なっ。

なんというせりふであろう。そうして、なんと魅惑的なせりふであろう。

茫然《ぼうぜん》と言葉を失った唇に、相手の熱い唇が重なった。

——あっ。

「考えておいてください。また来ますよ。隙だらけのモモソヒメ」

出雲の王子はすらりと本名で呼び、さっと踵《きびす》を返した。

モモソヒメは耳まで真っ赤になった。

その日から、すべてが上の空になった。祝詞《のりと》を捧げていても、榊《さかき》をもって舞っていても、大王《おおきみ》とともに儀式に列座していても。心の半分が出雲の王子に占領された。

俗界の男に心を奪われていても、長年の鍛錬のおかげで表面は常と変わらぬ日の巫女としてふるまうことができた。しかし、側仕《そばづか》えのトヨヒメだけはなにかを感知するらしく、ドキリとするような問いをしばしば放った。

「オオヒルメ様、さいきんお疲れなのではありませぬか」

「オオヒルメ様、お顔のお色が冴えぬようにお見受けいたしまする」

「オオヒルメ様、わたくしにお役に立てることがありましたら、なんなりとお申しつけくださいませ」

トヨヒメはおのれより二まわりも年下ながら、美しく、聡明《そうめい》で、気働きのよい巫女であった。が、その気働きのよさが、いまはむしょうに邪魔であった。不羈奔放《ふきほんぽう》な王子はあちらこちらで不始末をやらかしていた。その中には、本能のおもむくままに若い娘に手を出しているといった噂も含まれていた。そんな聞きたくない風聞まで、トヨヒメは誠意一途の瞳で逐一報告にやってきた。

「オホヒルメ様、出雲の王子様はあまりお心の直《す》ぐでないおん方様でございまする。お気をつけくださいませ」

「オホヒルメ様、出雲の王子様にご寛容は禁物でござります。厳しうお拒みなさいませ」

モモソヒメもはじめのうちは鷹揚に「そうね」と応じていた。が、度重なる小賢《こざか》しい注進にいらだちが募り、ついに感情にまかせて怒鳴りつけてしまった。

「おまえは黙っておいで！」

叱ったのちに、激しく後悔した。おのれの心の制御がきかない。こんなことは生まれて初めてだ。戸惑った。もはや心の半分どころではない。心の大部分を王子にもっていかれていた。恋をした巫女は、もはや巫女ではなかった。

眠れぬ床《とこ》で悶々《もんもん》と考えつづけた。

――あちらこちらの娘に手を出している？

——では、わたくしのことも遊びなのだろうか。

王子のよからぬ風評ばかり気になった。

しかし、それが事実とは思えなかった。

大胆にも大王の面前で愛の告白をし、天罰をも恐れず禁制のお山に入ってきた男である。いい加減な想いであるはずがない。王子が真に愛しているのはこのわたくしであるはずだ。

きっとわたくしへの想いが遂げられぬために自棄《やけ》になり、他の女でうっぷんを晴らすはめになっているのだろう。

であるならば、なおのこと自分と王子は結ばれねばならない道理である。そうでなければ王子の不満はさらに募るだろう。こちらの心もますます乱れることになる。そうだ。わたくしと王子は結ばれるべきなのだ。

と——、そこまで考えて、がば、と臥処《ふしど》に起き直った。忽然《こつぜん》、われに返った。両の手で胸を押さえ、烈しく首を振った。

——わたくしは、なんということを。

——いったいなにを考えているの。

オオヒルメ、目をお覚まし！　自分に向かって一喝した。

これは一時の気の迷いだ。自分は日の神の花嫁なのだ。これまでもそうだ。これからもずっと、ずっと――。

たまらず夜具を撥ねのけ、床を抜け出し、屋形の隣の神殿に向かった。心を鎮めて祭壇に向かった。こうべを垂れ、長いあいだ祈った。

でも、だめだった。胸の中は若い恋人でいっぱいで、神様の降りてくる余地はなかった。こんなことでは、大王の巫女などつとまらぬ。

敵国の王子など愛してどうなる。その果てになにがある。破滅しか待っていないではないか。目を覚ますのよ、オホヒルメ。目を覚ましなさい！

膝の上でこぶしを握った。一息に妄念を払ってしまいたかった。

そのとき、頭の中にふっと翠色《みどりいろ》の滝つぼが浮かんだ。

――あそこだ。そうだ、あそこへ行こう。

三輪のお山の奥深くに、とっておきの禊《みそ》ぎの場があるのである。崖の一部から柔らかい滝が落ち、とろりとした淵《ふち》になっている。その真東に林の切れ間があり、夜明けとともにうるわしい朝日がさし込む。

思い立ったら、いてもたってもいられなくなった。

扉を細くあけ、外の様子をうかがった。いまから向かえば朝日のさしのぼる時間に間に合うはずであった。

トヨ、トヨ、とトヨヒメを呼び、禊ぎに行く旨を告げた。

＊

滝つぼの裏側の大きな椎《しい》の木の下でモモソヒメは衣を脱ぎ、薄物一枚になった。「おまえはここで待っておいで」と、トヨヒメを制した。一人になりたかった。

薄闇の中に、待っていたぞというように、白い滝が浮かびあがっていた。

迷わず水に足を差し入れ、ゆっくりと歩を進めた。冷たさは感じなかった。急に深くなる淵に身をまかせ、ゆるゆると波を掻いた。心が解き放たれ、不浄なものが溶けて流れはじめた。やがて、清冽《せいれつ》な飛沫《しぶき》をあげている滝の下に至りついた。目をつむり、総身に絹糸の束に似た水を浴びた。細く柔らかい落水だが、打たれると軽い衝撃を伴い、白いもやが立つ。打たれているうちに肌がしびれてなにも感じなくなり、宙に浮いている心地になった。

やがて、まぶたの裏に眩《くら》むような力を感じ、目を開けると、一条の光輝が木の間を縫ってわが身を照らしていた。夜明けであった。

ああ、やはり、日の神様はわたくしをお見捨てでなかった。

神様はこんなにも清らかに、やさしくわたくしを包んでくださる。ありがたきお恵みを与えてくださる。やはり、思いきって来てよかった。いや、もっと早く来ればよかった。大いなる安堵の中に四肢を解放した。

と——そのとき、水に反射する陽光がばさん、と火花のように乱れた。アッ、と小さく悲鳴をあげた。

先日の磐座のときと同じように、逆光の中に黒い大きな塊があった。スサ王子であった。左右を見まわし、逃げ場を探した。が、迷ううちにも相手はざぶざぶ、近づいてくる。だめっ。身を引こうと後ろへすさり、ざぶり、と水中に沈んだ。あ——と、思った次の刹那、狂おしい力の中に抱きすくめられていた。

「モモソヒメ、会いたかった」

冷たい水が熱い湯のように感じられた。頭の中が白く弾け、なにも考えられなくなった。気がついたら濡《ぬ》れた衣のあわせを割って、長い五本の指がわが肌を愛撫《あいぶ》していた。とろとろと蜜が蕩《とろ》け、抵抗する力が抜けた。

酔ったような頭の隅で、自分は禊ぎにいく、と言いながら、じつはこの王子がこの場に現れることを期待していたのだろうか、と疑った。

そのとき、

「オホヒルメ様、オホヒルメ様」

自分を呼ぶ高い声がした。ハッとわれに返った。トヨヒメだった。いつもより長い潔《けっ》斎《さい》を不審に思ったのであろう。

「行って」

あわてて前を掻きあわせ、おのれを抱きしめている男を思いきり突き放した。

「早く、行ってください」

人質の王子の瞳が、世にも悲しげな色になった。

「モモソヒメ、吾は苦しい。人目を気にせず逢《あ》えるところはないのですか」

ひたむきな少年のようであった。いとおしさがこみあげた。

「忌服屋へ――」

たくましいからだを岸へ押し返しながら、おのずとその場所が口をついて出た。

「いみはたや？」

「ええ。次の満月の晩、忌服屋へ来てください。この奥の杉の森の中です。日が落ちたころから、わたくし一人で機を織っていますから」

また、おおひるめさまあ、と呼ぶトヨヒメの声がした。

「早く、行って」

まだなにか言いたげな王子をさらに押し返し、モモソヒメはわざと大きな声で返事をした。「いま戻ります」

若い肉体が俊敏に岸に上がり、さっと木陰に身を隠したのと、トヨヒメがおずおずときゃしゃな姿を現したのが同時であった。

＊

それから満月の夜がやってくるまで、モモソヒメは毎日ほとんど夢うつつであった。滝つぼで味わった魚の交わりのような感触はいつまでも肌に残り、肉体をじらし、悩ませ、頬を赤らめさせた。

そして、ようやくやってきたその日、モモソヒメはトヨヒメを呼び出し、ねんごろに言い含めた。

もうじき日の神様のお召し替えの祭りがあるが、あまり準備がはかどっていない。ゆえにこれから数日、一人で忌服屋にこもることにする。心を静かに保ち、親愛なるお主《しゅう》様の衣を織りあげたい。そなたはついてこぬように――。

「でも」

トヨヒメはもの言いたげな眉をして、一歩にじり寄った。

モモソヒメが機を織るとき、トヨヒメはそばにいつもつき従い、糸を整え、織り目を改め、あるじが疲労すれば交代して奉仕してきた。なのに、なぜこのたびに限ってお供を許されぬのだろう。

モモソヒメは重ねて制した。

「気を散らしたくないのです。一人にしておくれ」

トヨヒメは「はい」と目を伏せ、軽く膝をついた。

これで邪魔者は除いたと、モモソヒメは心の中でほくそえんだ。

若い巫女の姿が扉の向こうに消えると、即座に立ちあがり、逢瀬のしたくを始めた。

衣裳の大櫃《おおびつ》を開け、もっとも美しい大袖《おおそで》と裳《も》と襷《たすき》を手に取った。つややかな純白の絹に細密な花の紋織をほどこした、とっておきの祭りの装束である。下襲《したがさね》や下袴《したばかま》も真新しいものを引き出した。それから、とびきり美しい翡翠《ひすい》の頸珠《くびたま》と耳飾りを選び、首元に当て、鏡を覗き込んだ。

とたん、ゾッとして宝玉を取り落としそうになった。先ほど目の前に見ていた桃のような巫女とは親と子ほども違う、疲れた年増がそこにいた。肌はくたびれて張りがなく、目の下は墨を刷《は》いたように薄黒い。薄紅色に輝いていた風景が、さっと色褪《いろあ》せた。

恐怖を振り落とすように、身につけているものをすべて脱ぎ去った。手のひらをくぼめ、垂れんばかりに香油を受けた。無我夢中でからだじゅうに塗りたくった。続いて白粉《おしろい》の器を手に取り、全身泡雪《あわゆき》に染まれとばかりに叩き込んだ。長い髪にも椿《つばき》の油をすり込み、半刻《はんとき》もかけて梳《す》きあげた。さらに虹のような形の眉を描き、唇にたっぷりと紅をさした。おのれでも見とれるほど、妖艶な美女に変身した。ようやく安堵して、気に入りの衣裳《いしょう》と装飾品をまとった。

ところが、万端準備を済ませ、いよいよ出立せんとしたとき、空輿《からごし》をともなった使者が現れた。「なんぞ」と応答すると、「大王からのお召しでござります」と言う。遠国《とつくに》の氏族の長《おさ》が臣従の挨拶に参上した。まつりごと上たいせつな相手なので、ぜひとも同席してほしい。

——こんなときに限って。

モモソヒメは歯噛みした。しかし、大王の命とあらば無下に断るわけにもいかない。ほんじつはあまり体調がすぐれぬので少ししかおつきあいできぬ、とあらかじめ条件づけし、輿に乗った。そして、最低限のつとめだけ果たし、逃げるように帰ってきた。

それから先は、必死であった。

のめるように屋形をまろび出、後背の山中《やまなか》に駆け入った。

——もう、おいでになっているに違いない。

——それとも、もう帰ってしまったろうか。

昨日の雨で道はぐずぐずとぬかるみ、なおのこと駆けにくかった。茨《いばら》で切ったのか、慣れぬ沓《くつ》で擦れたのか、足が痛い。はあはあ、はあはあ。息が切れる。心臓が破れそうだ。

——早く、早く。

焦燥《しょうそう》が頂点に達しようとしたとき、杉林の向こうにちら、と忌服屋が見えた。

四角い小屋の外で、見慣れた斑駒がたてがみを振り、きゅううん、と鳴いた。

ドキン、と胸がときめいた。

――いらっしゃる！

歓喜が込みあげた。いままでの疲労を忘れ、さらにのめるように駆け寄った。そして、おや、と足を止めた。駒はあるのに、本人がいない。どこ？　中でお待ちになっているのだろうか？　扉に手をかけた。開かない。閂《かんぬき》がかかっているようだ。

なぜ？

次の瞬間、ギョッと凍りついた。中から異様な声が聞こえたからである。

それは押し殺した叫びであり、悩ましい喘《あえ》ぎであり、荒い息遣いであった。女の声であり、男の声であり、両方の混じりあいであった。

――まさか……。

――そんなことが。

反射的に、あたりを見まわした。かたわらの椰の木の根元に、踏みしめたような足跡があった。目を上げた。茅葺きからぼんやりと灯火が抜けている。王子は屋根を破って侵入したのだと思った。

そう疑ったときには、もう椰の木にかじりついていた。木登りなどしたこともないのに、執念の力がわが身を幹に貼りつかせた。手足を擦り切らせながらよじのぼり、屋根に乗り移った。

そして――、見てはならぬものを見た。

目の下に、白い二匹の蛇が絡みあっていた。それらは八本の手足――すなわち、四本の腕と四本の脚――をうごめかせながら、しゅんしゅんと蠢動《しゅんどう》していた。スサ王子とトヨヒメであった。

わが目を疑い、次の瞬間、先ほどなぜ突然、大王から呼び出しを受けたのかを悟った。それを進言したのは、この賢い大王の娘以外になかった。自分と出雲の王子とを接触させまいがために、必死に方法を考えたのに違いなかった。

やがて二匹のうちの、下に組み敷かれている小ぶりなほうが、ひとしきり激しくもがいて逃れようとした。それを大蛇が追い、なおも執拗にもつれついた。雌蛇の高い悲鳴が糸を引く泣き声に変わった。その上に、雄蛇の愉悦きわまったようなうめきが重なった。

モモソヒメは溶岩が噴出するごとく嫉妬した。

おそらくトヨヒメは王子が来訪したとき、門を外さなかったのであろう。そこで王子は屋根を破って侵入したのであろう。王子はそこに思いもよらぬ相手を発見し、驚愕《きょうがく》したに違いない。しかし、相手が違うことがわかって、なぜにこのありさまか？

若い肉の魅力か？　もともと欲望のおもむくままに里の娘を拾っていると噂されてい

た男である。女子《おなご》であればたれでもよかったのか？

いやいや——と首を振った。

そんなはずはない。あの初お目見えのときの剛勇な態度。磐座での、滝つぼでの、狂おしいほどの求愛。あれが嘘《うそ》だったとは思えない。この王子の自分への想いは真摯《しんし》だった。

それでは、なぜ？

あるいは、トヨヒメのほうが王子を誘惑したのか？

頭が混乱して、なにがなんだかわからなくなった。

目の下の二匹の蛇は、相変わらず巴《ともえ》のように、卍《まんじ》のように、たくさんの手足をもつれさせて交尾している。

ふと、かたわらの床にみごとな刀が突き立っているのが目に入った。その昔、祖先の出雲の大神がヤマタノヲロチを成敗したときに得た——と、つねづね王子が自慢していた宝剣だった。

ふたたび絡みあう二匹の蛇に目を戻した。

——八本の手足。

——ヤマタノヲロチ。

そうか、これがあの化け物の正体か。

すとん、と納得した。

であれば、成敗せねばならぬ。化け物は、成敗せねばならぬ。

次の刹那、一気に床に飛び降り、ギラギラの太刀をつかんで頭上に振りかざしていた。気づいて振り向きかけた雄蛇の背を、力いっぱい突き刺した。雄蛇はキェーッと叫びをあげ、鎌首をもたげた。激しく身もだえする胴体から刀身をズサッと抜き、ふたたび容赦なく別のところを刺し貫いた。みたびズザッと引き抜き、こんどは足の一本に突き刺した。

もう、声は出なかった。雄蛇は堪えかねたように頭と尾をびん、びん、と痙攣《けいれん》させ、動かなくなった。見る間に織機が朱《あけ》に染まり、あたりは血の海になった。

やがて、がっくりと伏した巨大な胴の下から、小柄な雌蛇が絹を裂くような叫びをあげながら這《は》い出てきた。モモソヒメは「出ていきゃっ!」と大喝し、小屋の外へ追いやった。

それから、目の前のもの言わぬ物体をくるりと裏返した。

そのむくろは邪悪な蛇から美しい雄馬のような肉体に戻り、むき出しの杭《くい》を屹立《きつりつ》させたまま硬直していた。心の中に勃然《ぼつぜん》といとおしさがせりあがった。美しい祭りの衣裳を脱ぎ捨て、一息に跨《また》がった。

深く一つに連なったまま、太刀を逆しまに手に取り、みずからの喉首を刺し貫いた。

四・天上の女神

戸外でホー、ホケキョと、鶯が鳴いた。

数日のうちに斑鳩宮の梅は満開になり、香りも数倍甘く、濃厚になっている。

「……という次第にござります」

龍が話し終えると、厩戸皇子がうなずいた。

白銀色の袍は、相変わらず馴れてクタクタ。左右のみずらは高さが違っている。文机のまわりは書物の砦である。

「よう調べてまいった」

厩戸が手をパンパンと鳴らした。侍女が三宝《さんぼう》に生絹《すずし》を三反《たん》、捧《ささ》げ持ってきた。

「これは過分な」

龍は恐縮した。

「たいしてお役にも立っておりません」

じつのところ龍は、最初のうちはかなり謎を解明した気分だったのである。が、だんだん、自信がなくなった。だいじなことを聞き洩《も》らした気がする。とりわけ忌服屋でのできごとが、釈然としない。

頭を掻く目の前に、無造作に褒美《ほうび》が差し出された。

「しかたがない。ものを語る者は、おのれの利からしかものを語らぬものじゃ」

「はあ」

「鏡の翁夫婦はモモソヒメの側の人間であるから、モモソヒメのよいことしか言わぬだろう。かのお方はすばらしき巫女であり、粗暴な王子の犠牲になったとばかり言うだろう。そこは差し引いて解さねばならぬ」

「さようでござりまするか」

褒められたのか、なぐさめられたのか、わからない。

しょぼん、とする龍に、厩戸はチロリと流し目した。

「ま、気にはなるな。真実はどうであったのか。なにか裏がありそうではある。女子《おなご》の情念というやつは、なかなか凄《すさ》まじきゆえ」

整った鼻梁《びりょう》に遠慮なく皺を寄せた。

わがあるじはもともと、女というものがあまり好きでないのである。龍はちょっとおかしくなった。

「だが、興《きょう》であったぞ」

龍はありがとう存じまする、と賜りものをうやうやしく受け取り、あ――と、思い出した。

「申し忘れておりました。翁夫婦の茅屋《ぼうおく》がありますす森は、モモソヒメ様の墳墓《みさんざい》の跡とのことにござりました。少し退《さが》って見ましたら、かなり大きな丘のようでござりました。かたわらに豊かな溜池《ためいけ》がござりまして、環濠《ほり》であったものの一部とか」

「大きな墳墓？」

厩戸皇子は片方の眉をぴくりと上げ、ひとしきりあごひげをいじくった。

急にくるりと背を向け、書物の山を掻き分け、なにかを捜しはじめた。

龍が円座《わろうだ》のささくれを撫でながら待っていると、

「これだ」

目の前に一巻の巻子が広げられた。

「なんでござりますか」

「これは魏《ぎ》の国の史書の写しなのだが、わが邦にはその昔、ヒミコなる鬼道《きどう》をよくするすばらしき女王がおったと書いてある。そのころの倭国《やまと》は全土いくさに乱れておったのだが、この女王のおかげでまとまったと」

「ヒミコ様――。ふしぎなお名前でありますな」

「おそらく、日の巫女、と書くのだろう」

「えっ」

龍は思わず身を乗り出した。

巻子のある部分の上を、主君のしなやかな指が往復している。

「死に際して、百余歩《ひやくよぶ》もの塚が築かれたとある」

龍はもっと乗り出した。声がうわずった。

「つまり、モモソヒメ様のことで？」

あるじは落ち着き払っている。

「どうだろうな。モモソヒメは女王ではない。けれども、異国の者の目にはふしぎの力を持った女王に見えたのかもしれぬよな。ヒミコには弟がおったという。ミマキイリヒコの大王《おおきみ》のことかもしれぬよな」

「ありえます！」

かぶりついたら、すかさず主君の白い頬に興奮を制された。

「早まるな。かもしれぬ、だ。そうかもしれぬし、そうではないかもしれぬ」

「どちらなので？」

「わからぬ。わからぬことはわからぬ」

龍はやや失望した。わからぬ、わからぬ、ばかり。それでは国史など成らぬではないか。

すると、見抜かれたようにくすっ、と笑われた。

「そなたこそ、わかっておらぬようだな。それでは国史などできぬ、と言いたいのであろう。そうではない。できる、できない、ではない。国史はつくるのだ。吾はいま、この国の始まりの神話《かみばなし》をつくろうとしている。つくるのだから、いかようにもつくれる。しかしよい加減ではならぬ。実《じつ》のある物語でなければならぬ。そのための準備をしておるのではないか」

双の瞳がいたずら気に輝いている。

「なるほどでございます」

そうか。神話をつくる――か。それならば、この皇子以上に適役はないだろう。きっと壮大な神話を創造してくれるだろう。

「皇子、筋はもうお決まりなのですか」

期待して仰ぎみた。

「まだまだ」

目の前の人は手にした筆の尻で文机の表をトントン、と打ち、薄青い戸外を眺めた。

「が、そなたの話を聞いて一つ思いついたことがある」

ドキリとした。

「なんでありましょう」

「このモモソヒメなる巫女様に、わが邦の大王家の祖神《おやがみ》様になっていただこうか」

驚いた。

「それはまた――。女人の皇祖様であられまするか」

「かまわぬだろう。今上《きんじょう》のカシキヤヒメ様も女人の大王であるぞ。きっとおよろこびになるであろう。それに、モモソヒメそのものではない。モモソヒメのような神様だ」

ニッとした。

「わが邦の皇祖たる、女人の神様の物語。敵の男神との愛。そして、悲劇の死と輝かしき復活。どうじゃ」

「ほうー。よろしゅうございます」

「そのために、そなたにはいろいろ調べてもらう」

「かしこまりました」

がば、と平伏しながら、龍はわくわくした。

厩戸皇子は、つ、と立ちあがり、窓辺からうららかな空を仰いだ。

「女神様には天高く光り輝く楽園でお暮らしいただこうか」

「おお……」

「わが倭国ではとかく山の端《は》、わたつうみからお顔を出されるお天道様《てんとさま》を敬うが、海彼の国々では、聖なる大神はたいがい遥かなる空の高みにおわして、そのお恵みは地上に真一文字に降りきたるそうな。われらも負けておられぬ」

龍も腰を上げ、自分より一まわり小柄なあるじの後ろに従った。

「天にましします女神様。うるわしゅうございますな」

まぶたのうちが眩むような気がした。

端正な顔が振り返った。

「お名前は、そうだな、天照《あまて》らす……、大日女《おおひるめ》の……、大御神《おおみかみ》様。ちと長いか」

あごひげに手を当て、しばし思案した。

「アマテラスオホミカミ様。どうじゃ」

濃厚な梅の香の風が、ひときわ強く吹き込んだ。

鶯が応じるように、ホー、ホケキョ、と鳴いた。

おのごろ島のいざない神

遥《はる》かな目の下に、雲とも、霞《かすみ》とも、あぶくとも知れぬもやが広がっている。沼のように、クラゲのように、渦巻きうごめくその流れの下から、風に乗って切れぎれに唄声が響いてくる。

せいや　よーい　おいや　ほーい
淡路《あわじ》の島や　おのごろ島よ

誰だろう。どこだろう。なかなかよい声だ。
やがてもやの切れ間から、目にしみるまっ青な色がのぞく。ああ、はろばろのわたの原。涯《はて》しのないわたつうみ。じっとりと粘りつくような潮のにおいがする。
なるほど、わかった。あれは船頭の舟唄だ。

イザナキ神と　イザナミ神が
あめわたつみに　櫂《かい》差し入れて

こをろ　こをろと　搔《か》きなしたまへば

唄う声はしだいに明らかに、朗々と調子づいてくる。
ぎーこん、しゃー。ぎーこん、ざーっ。唄のあいだに櫓《ろ》のきしみの合《あい》の手《て》が入る。

浮きしあぶらの　落ちなづさひて
垂れし潮《うしお》の　おのづとこりて
あやにかしこし　くしびの島よ

額に手をかざし、まばゆい彼方を仰ぎ見る。
遥かな滄海《そうかい》の向こうから、夢《いめ》の木の葉のように一艘《いっそう》の舟が現れた。

せいや　よーい　おいや　ほーい
おのごろ島や　淡路の島よ

一・あまがたり歌

宮廷公事《くじ》の記録係である船史龍《ふねのふひとりゅう》が厩戸皇子《うまやどのみこ》に呼び出されたのは、宮都飛鳥《あすか》で新嘗《にいなめ》の祭りが行われた翌々日のことだった。

「龍よ、すぐまいれ」

龍は飛びあがり、おっとり刀であるじの宮に馳《は》せつけた。

龍が厩戸皇子の下で国史編纂《へんさん》の準備にかかわりはじめてから、半年ほどたつ。厩戸はいま、この倭国《やまと》のなりたちの物語をつくろうとしているのだ。

ときには突拍子もない指令を受けることもある。なにを命ぜられているのかわからずに出かけることもある。心もとないことこのうえない。けれども、むしょうにわくわくする。龍は厩戸の仕事をするのが好きである。

あるじの宮は青垣《あおかき》山ごもれる大和《やまと》の西の辺《べ》、斑鳩《いかるが》にある。せわしないまつりごとの渦中にある飛鳥と違い、鳥鳴き、虫鳴き、猪鹿《いのしか》のゆきかうのどかな土地だ。

見晴るかす田はどれも刈り入れを終え、せいせいした顔をしている。風が乾いて、空が高い。裸木に残った柿の実の朱が、目にしみてあざやかだ。

宮の門をくぐったら若い舎人《とねり》が即時に現れ、常の書斎に通してくれた。けれども、かんじんの人はなかなか現れない。

手持ち無沙汰《ぶさた》である。窓の向こうを見やった。

仏殿に渡来人らしき学生《がくしょう》がしきりに出入りする。殿舎《でんしゃ》の合間を女孺《にょじゅ》が静かに行きかっている。耳を澄ますと、ときおり童《わらべ》の戯れるような声もする。厩戸皇子はいまの世に珍しく、同じ宮のうちにたくさんの家族を共住まいさせているのだ。

なごやかな風景をぼんやりと眺めていたら、

「龍殿、お待たせいたしまして」

やわらかな声がした。振り返ると、厩戸皇子の妻の菩岐々美郎女《ほききみのいらつめ》である。

「これは、おきさき様」

龍はあわてて居ずまいを正した。

「わが君様は夢殿におこもりで、なかなかお出ましになりませぬ」

気の毒そうに笑う。

夢殿とは、厩戸皇子が瞑想のために仏師の鞍作止利《くらつくりのとり》につくらせた八角形の籠り屋である。大人が一人横になるのがいっぱいくらいの、いわば大きめの厨子《ずし》で、そのうちで気を集中していると、想念が無窮《むきゅう》の宙に広がっていくそうだ。

菩岐々美郎女は侍女から白い湯気の立った薬湯を受け取り、「お待ちのあいだにどうぞ」と、龍の目の前に置いた。

「お首とお肩の凝りをほごす草を調製してみました。史殿のお仕事にはきっとおよろしいはず」

そそ、とすすめてくれる手の甲がふっくらとして美しい。

龍はおお――、と恐縮した。

「おきさき様おんみずからとは畏れ多し。ありがたく頂戴いたしまする」

平蜘蛛《ひらぐも》みたいに伏した。

ふう、ふうと、吹いて、ひとくち口に含む。ヨモギに似た芳香の中に、ぴりりとした刺激がある。花の蜜のような甘みがまろやかに広がる。からだの節々がゆるんで、指先までほかほかしてくる気がする。

「なにかこう、血のめぐりがようなるようでござりまするな」

ぬくい器を掌《たなごころ》に包んで謝意を示すと、郎女は「それはよろしゅうござりました」と、白い頰にえくぼをきざんだ。

目の前のこの人は、おのれよりもかなり年上のはずである。けれども、少女のように愛らしい。衣裳《いしょう》もあっさりとして、髪にも派手な飾りなどつけず、ごくおとなしく結うているのがよい。わが主君のこの妻を見るたびに、龍はほのぼのとした気持ちになる。

ふたたび低頭すると、郎女が謙虚に応じた。

「なんの能もないわたくしですが、薬草のことだけは得手にござりまするゆえ」

菩岐々美郎女は王宮の食膳をつかさどる膳部《かしわでべ》の長《おさ》の娘である。膳部は薬師《くすし》とは違うけれど、けっきょく医食同源だから、しぜん、身の養いのことに長《た》けている。膳氏は小さな一族だが、厩戸皇子は彼らの実直さを愛して、その一女と縁《えにし》を結んだ。この斑鳩宮も彼らが献上した地所である。

厩戸皇子には過去から含めて四人の妻がいる。一人はカシキヤヒメの大王《おおきみ》（推古《すいこ》）の皇女の菟道貝鮹皇女《うじのかいたこのひめみこ》、一人は大臣蘇我馬子《おおおみそがのうまこ》の娘の刀自古郎女《とじこのいらつめ》、一人はこの菩岐々美郎女、いま一人は数年前に娶《めと》った年若な王族の橘大郎女《たちばなのおおいらつめ》だ。刀自古郎女と菟道貝鮹皇女はすでに亡く、いまの正妃は橘大郎女だが、実質的には気働きがよく、長くつれそった菩岐々美郎女が後宮を切り盛りする恰好《かっこう》になっている。

龍がその心遣いに恐れ入りながら薬種の配合などを問うていたら、背後で聞き慣れた声がした。

「龍よ、来たか」

「お――」

振り返ると、相も変わらずのわがあるじである。白銀色《しろがねいろ》の袍《ほう》は馴《な》れてクタクタ。冠もかぶらぬ頭に、いい加減なみずらを結うている。着の身着のままで、いままで寝ていましたと言わんばかりだ。

「漠《ばく》と夢を描いておるうちに、ほんものの夢に落ちてしもうた」

呵々《かか》と笑う。

しかし、色白の頬は桜色に紅潮し、双の眸子《ひとみ》はらんらんと輝いている。きっとまたおもしろげなことを思いついたに違いない。

「皇子、いまかいまかとご下命をお待ちしておりましたぞ」

「うむ」

無頓着な主君は、定位置の書物の砦《とりで》の中にすとん、と腰を下ろした。

ふと気がつけば、侍女が新たなる薬湯を捧げて小隅《こすみ》に控えている。龍が飲んだものとは異なるやさしい香りが立っている。

菩岐々美郎女が碗《わん》を受け取り、良人《おっと》の膝元に置いた。

「わが君様は書物の虫でござりまするゆえ、お目の疲れを散じるものを按配《あんばい》してみました」

「ほおー。これはまた」

厩戸皇子がこくりとする。

「龍も煎じてもろうたか。菩岐々美のはようきくぞ」

一息にあおった。郎女は控えめに二煎目の要を訊《き》き、皇子がうなずくと空の碗を捧《ささ》げ、侍女とともに退《ひ》いていった。

龍はその後ろ姿を見送ったあと、感服して厩戸皇子に向かった。

「それがしのような者にもおやさしくしてくださる。天女のごときおきさき様でござりまするな」

皇子は「であるか」と、涼しい横目をした。

「さいきんは母の具合が悪うての。その面倒もあれがみてくれおる」

「おお、間人太后様《はしひとたいこう》の」

間人太后は厩戸の実母で、先々代のタチバナノトヨヒの大王（用明《ようめい》）の皇后である。

「菩岐々美でなければいやじゃと駄々をこねて困る」

ややわがままで、厩戸はもてあましている。

「目に浮かぶようでござります」

龍が改めて感じ入っていると、

「で、こんにちの用向きであるがな」

淡白なあるじは、さっさと話題を切り替えた。

＊

「む……、こちらはなんでござりましょう」

目の前に置かれた三、四枚の木簡《もつかん》に、文字がびっしりと書きつけてある。厩戸皇子がまわりの山の中から、神業《かみわざ》のように抜き出したものである。龍が判読を試みようと乗り出すと、厩戸は横から手を出し、違う、こう、こう、と順序を改めた。

「先だって飛鳥でカシキヤヒメの叔母上の新嘗《にいなめ》の節会《せちえ》があったろう。その折にちと気になる歌を詠《うと》うた者があっての」

　本年はつねにない豊作で、例年より盛大な宴がもよおされた。大王の小墾田宮《おはりだのみや》のかたわらに美しい木の枝を葺《ふ》いた祝い屋がもうけられ、舞、踊り、音楽、賀詞《がし》などが次々にたてまつられた。そのときに、伊勢の一人の首長が祝い酒を献上し、伴いきたった語り部を大王の御前《おまえ》に立たせたのだ。

「みなではないが、書き取ってある。あまがたり歌というそうだ」

「ほう、あまがたり歌――。拝見いたしまする」

　龍は顔を寄せ、声に出して読んでみた。

　　纏向《まきむく》の　日代宮《ひしろのみや》は　朝日の　日照《ひで》る宮　夕日の　日翔《ひがけ》る宮
　　竹の根の　根足《ねだ》る宮　木《こ》の根の　根延《ねば》ふ宮

「纏向の日代宮といえば、神奈備《かんなび》の三輪《みわ》のお山のふもとの――」

たしか、例のミマキイリヒコの大王（崇神《すじん》）の二代のち、オホタラシヒコの大王（景《けい》行《こう》)の住まいのはずであった。

厩戸皇子は、よう勉強したという顔で、片方の眉を上げた。

「遠い遠い昔の、わが大王家の始まりのころのおん方だの」

新嘗屋《にいなえや》に　生ひ立てる　ももだる　槻《つき》が枝《え》は
上《ほ》つ枝は　天《あめ》を覆《お》へり　中《なか》つ枝は　東《あずま》を覆へり　下枝《しずえ》は　鄙《ひな》を覆へり
上つ枝の　枝の末葉《うらば》は　中つ枝に　落ちふらばへ
中つ枝の　枝の末葉は　下《しも》つ枝に　落ちふらばへ
下枝の　枝の末葉は　ありきぬの　三重《みえ》の子が　捧《ささ》がせる　瑞玉盞《みずたまうき》に

龍のまぶたの裏にいにしえの祝祭の光景が浮かんだ。祝い屋を葺いている槻の枝が、大地を覆い尽くすように濃い影を落としている。豊かな葉が白い裏側を見せて風に舞っている。

「大王のおん治世が津々浦々にまで及んでおることをことほいだ歌でござりますな」

「さよう」

「その槻の木の葉が、伊勢の三重の采女《うねめ》のたてまつった酒盃《しゆはい》に落ちて浮かんだ、と」

皇子はうなずき、窓から吹き込んできた紅葉を指先で拾った。そうして、いつの間にかかたわらに置かれていたお代わりの碗のうちに、はらっと落とした。

「では、その後を読んでみよ」

「はい」

　浮きしあぶら　落ちなづさひ　水《み》なこをろこをろに
　こしも　あやにかしこし　高光《たかひか》る　日《ひ》の御子《みこ》
　事の　語り言も　こをば

　やや唐突な詩句である。

「あぶらが沈まずに浮かんでおる？　水面《みのも》がこをろ、こをろ、と音を立てる？　いともめでたき……天に輝く日の御子様……？　ハテ、いかなる意でござりましょう」

　にわかには解《げ》しかねた。

「気になろう」

「いかにもでござります」

　厩戸は深く腕を組んだ。

「吾《われ》も気になったゆえ、宴のあと、くだんの伊勢の語り部を呼んでみた」

「お」

龍は主君の答えを待った。

「元となった話があるのだそうだ。それを取り込んで、おのれらのことほぎの歌をつくったと」

「なるほど」

得心した。それゆえにどことなく木に竹を接《つ》いだような感じがするのだ。

「本歌がござりましたか。して、そはどのような？」

厩戸は組んだ腕を解き、碗の中から葉をつまみあげた。

「淡路に伝わる話だそうな」

目の前に掲げ、ふう、と吹いた。目もあやな赤い色が、ひら、ひら、と宙を舞った。その手をそのままあごにやり、ひげをいじった。熱中したときのくせである。

「淡路？」

「うむ。かの地では男女一対の海の神をあがめておっての。その二神がこの世の始まりをつくったと伝えおるそうな。イザナキ、イザナミという御名《みな》だそうだ。伊勢も淡路もともに海人《あま》の国ゆえ、伝承が連絡したのかもしれぬな」

――この世の始まり。

にわかに話が壮大になった。龍は胸がときめいた。

「ほう、イザナキ、イザナミの神。それがしは存じあげぬ神様でござります」

「吾も知らぬ。聞いたこともない。だが、おもしろそうだ。おもしろそうなにおいがぷんぷんしておる」

また、あごひげをもてあそんだ。

「ほんに」

見つめた目と目があった。

「ということで——」

厩戸がニッと白い歯を出した。

「そなた、さそくに行ってこよ」

龍は待ってました、とばかりに叩頭《こうとう》した。

「かしこまりました」

その伏せたつむじの上へ、さらに言葉が降った。

「それからもう一つ、求めがある」

龍は「なんなりと」と、忠勤のかおばせを上げた。

「そなたらの本拠は河内《かわち》の丹比《たじひ》よな？」

「さようにござります。丹比のうちの、野中《のなか》でござります」

龍たち船氏は百年《ももとせ》とかの昔の、アメクニオシハルキヒロニハの大王（欽明《きんめい》）の御代《みよ》に海の向こうからやってきて、二上山《ふたかみやま》の西のその地に根を下ろした。祖は王辰爾《おうじんに》という百済人《くだらびと》で、大臣蘇我稲目《いなめ》に筆記の能を認められ、吏僚《りりよう》としてとりたてられた。河内には、船氏のほか、西文《かわちのふみ》、白猪《しらい》、津《つ》など、同胞の史が集住している。

厩戸は冷めた薬湯を生水でも飲むようにぐびりとあけ、濡れた唇を袖先で拭《ぬぐ》った。

「そなたも知っておろうが、わが邦《ほう》の王城は大和だけではない。古くは難波《なにわ》や河内に宮をいとなまれた大王も多かったようだ。と、いうよりも、それらの土地から大王が生まれたというたが正しいかもしれぬ」

「はい。わが里のわたりには、いにしえの大王の墳墓《みさんざい》が群れのごとくございます」

厩戸が文机《ふづくえ》の上から書き入れだらけの帝紀《ていき》を取りあげ、膝元に繰り広げた。

「その方々の中に、事績のほとんどわからぬ大王がおられての」

「どなた様でありますか」

「タヂヒノミヅハワケ様（反正《はんぜい》）とおっしゃる」

「ほう、タヂヒの――」

「高名な難波高津宮《なにわのたかつのみや》のオホサザキの大王（仁徳《にんとく》）の皇子様だ。宮は丹比の柴垣《しばがき》なるところにあったと書いてある」

筆の尻で、巻子《かんす》の一カ所をトントンと示した。

龍は首をかしげた。

「タヂヒの皇子様……、タヂヒの宮……、はて」

おのれの里のまわりで、そのような伝えは聞いたことがない。

「わかりませぬ。して？」

厩戸が思わせぶりな一瞥《いちべつ》を寄越《よこ》した。

「淡路に生まれ育たれたおん方のようなのだ」

さらにひとしきりあごひげをもてあそんだ。

「なるほど、いろいろ重なり申しまする」

「で、あろう」

肯定が返った。

「母様は葛城《かずらき》の頭領《とうりよう》ソツヒコ殿の息女、イハノヒメ様だ。ゆえに、母様のお里でないことはあきらかである。となれば、乳人《めのと》の一族が淡路におったかと推察される」

「たしかに」

大王家の皇子や皇女には、幼少期に養育者としてお傍《そば》にはべった者の名や地名が冠されることが多い。

龍が呑《の》み込んだのを確認すると、厩戸皇子はぽん、と両膝を打った。

「と、いうことだ。一つは淡路の海人らが奉斎《ほうさい》しておる男女神と、その伝えのこと。いま一つは、淡路でお育ちになったタヂヒノミヅハワケなる大王のこと。

すでに先触れはしてある。訪ぬる先は津名《つな》の湊《みなと》に住む、昔語りの翁《おきな》じゃ。ねんごろな報告を待っておるぞ。以上だ」

言い終わると、さっさと書物の砦の中に横になった。

早くも昼寝を始めたあるじに向かって、龍ははっ、と恭順のこぶしをついた。

二・津名の翁

目の先に渺《びょう》と滄海が広がり、ひむがしの彼方に津国《つのくに》や和泉《いずみ》の浦がかすんでいる。海の青と、陸《くが》の緑と、雲の白とが截然《せつぜん》とけじめをつけながら、なおかつあいまいに溶けあっている。美しい。なんだか夢のような心地がする。

「こんにちはとびきりうららかでありまする。史様にはまっことよき日においでくださりました」

背後の翁がことほぐように言った。

「ああ。ほんによい日和《ひより》だ」

龍もおっとりと返す。

「われらは常ひごろ、あの難波の埼《さき》から、この淡路と明石《あかし》の大門《おおと》を眺めておった。いま逆《さか》しまの立ち位置におのれがおると思うと、なにやらふしぎの心持ちになるぞよ」

龍たちの一族は、古くから難波津で船荷に税をかける仕事にもたずさわってきた。船という名の由来である。

胸いっぱいに潮のにおいを吸い込んでいたら、後ろの丘の上からいかにも楽しげな童子《わらし》の声が響いてきた。

「おや、コナキとコナミがもうやっておる」

翁が破顔した。赤銅色《しゃくどういろ》に焼けた皮膚が、にゅっと巾着《きんちゃく》を絞ったようになる。

「さあ、史様、まいりましょう。じきでございます」

翁が身を返し、背後の杣道《そまみち》に身を入れる。「おう」と、龍があとに続く。

龍が従っているのは、厩戸皇子に示された津名の湊の翁である。龍が訪ねるや、満面の笑みで、

「あい、承っております。使者様がおいでになりまして、万端お示しいただいております」

ひとしきり酒と海の幸で歓待してくれた。そうして腹がくちくなったのち、「では、案内《あない》申しあげます」と、島見物に連れだしてくれたのである。

土地の伝えを説くのに欠かせぬことがあるとかで、翁の孫のコナキとコナミもいっしょである。翁にどこか面影の似た、ぴかぴかの栗《くり》の実のような童子たちだ。

草深い坂道を登りながら、龍は先行く人のかくしゃくたる足取りに見入った。齢《よわい》はすでに七十過ぎというが、いまでも毎日漁《すなどり》に出るそうだ。鍛錬の足りた者はかくも違う

と感じ入っていたら、先ほどよりもっとあきらかなたいらに出た。

海の青ははろばろとして、目にしみるほど深い。

「ここでおざります」

「ほおー。よい景色じゃ」

龍と翁の姿を見つけ、コナキとコナミが、まろぶように駆けてきた。

「じじさま、はよう！」

「ふひとさま、はよう！」

幼い二人に両側から手を取られ、ぐいぐい目的のところに連れていかれる。翁がコレコレ、とたしなめる。

二人が声を揃《そろ》え、前方を指さした。

「ホラ、あれですじゃ！」

小さな指が示すほうに目を向けると、開けた地所に太く大きな柱が立ち、四囲《あたり》は相撲《すまい》の土俵のように搗《つ》き固められている。そのかたわらに、半分うちこぼたれた掘立《ほったて》小屋がある。せっせと取り崩していた若者が、こちらに気づいてするりとほっかむりをはずし、腰をかがめた。

翁が振り返り、ゆっくりと説明する。

「ここは島の新婚の祝い場でござりまする。昨日やつがれの縁の者の宴がござりまして、ちょうどようございました。これをばご覧いただくと、話が早《はよ》うございます」

大きな樫《かし》の木の根元に莚《むしろ》を敷いて龍の座をつくり、「ささ、お座りあそばして」とすすめてくれる。おのれは童子を両脇にひきいて片膝をつき、「では申しあげます」と目の先の構造物を改めて仰いだ。

「あの土壇《どだん》に立っておりまする柱。あれは新婚の御柱《みはしら》と申しまして、ピーヒャラ、トントン、トンチキ、トントンの鳴り物にあわせ、村の童子から選ばれし男子《おのこ》、女子《めのこ》が一人《いちにん》ずつ、くるり、くるり、とまわりをめぐります。いまはわが孫二人がつとめております。いったん選ばれますと三年《みとせ》はつとめます。そのかん、男子はコナキ、女子はコナミと呼ばれるのでございます」

にこりとした。

続いて、両脇を順々に見やり、

「おい、コナキ、コナミ、やってみよ」

と、孫に命じた。

二人の子は、

「あいっ」

「あいっ」

最高の笑顔をつくって駆けだしていく。

土壇にのぼると童子は柱を隔てて向かいあい、「イヤー」「サー」と高い一声を発した。しかるのち、袖を蝶々《ちょうちょう》のように広げ、脚を交互に脇へ出し、かかとで地面をたっとん、たっとん、打ちながらめぐりはじめた。

ゆっくりと円を描き、二人が出会うと、首をかしげ、互いの袖で口許《くちもと》と耳を隠し、なにか語りあうそぶりをする。またくるりと背を向け、たっとん、たっとん、と反対にめぐり、また行きあうと、互いの袖で口許と耳を隠してなにかを語りあうそぶりをする。

首をかしげるたびに素直な切り髪がまんまるな頬にかかり、さらり、と揺れる。

龍は童子の愛らしい動きに感じ入りつつ、「翁よ」と問うた。

「子らはなんと言うておる」

翁はなめし革のような皮膚を皺《しわ》深くした。

「こまっしゃくれに、一丁前《いっちょまえ》を申すのでござりまする」

おのれも大袈裟《おおげさ》に口を袖で隠してみせた。

「くるり、とまわって出会《でお》うたら、まず男子《おのこ》のコナキが『なんじのからだはいかに』と申します。またくるり、とまわって出会うたら、こんどは女子《めのこ》のコナミが『なりあわざるところ一所《ひとところ》あり』と申します。またくるり、とまわって出会うたら、コナキが『われはなり余れるところ一所あり』と申します。またくるり、とまわって出会うたら、コナキが『われのなり余れるところでなんじのなりあわざるところを刺しふたぎて、ミトノマグハヒせむ』と申します」

　龍はブーッと噴き出した。

「ずいぶんと言うのう。意もわからぬであろうに」

「さようでござります。しかし、意もわからぬ童子だからよいのでござります。これをば汚れた大人がやりましたら、えげつのうござりまする」

「いかさま」

　二人して、ははは、と大きな声を立てた。

　まだ先がござります、と翁が続けた。

「さらにくるり、とまわって出会うたら、コナミが『あなにやし、えをとこを』と申します。またくるり、とまわって出会うたら、コナキが『あなにやし、えをとめを』といらえます。まあ、なんとよい男じゃ、なんとよい女じゃ、という意でござりまする」

「ふむふむ」

「そのようにして童子の舞が終わりましたら――」

　翁はようよう残っている掘立小屋を指《さ》さした。

「新郎新婦は祝いの座から退《さが》りまして、あれへ入って新枕《にいまくら》をかわします。外で村人が宴をしておりまするから、落ちつかぬで首尾ようゆかぬことも多いらしいのですが、とまれかくまれ、一番鶏《いちばんどり》が鳴くまでは励む決まりでござります。村人のほうもこの日は無《ぶ》礼講《れいこう》でござりまして、あちこちの茂みで男と女が声をかけあい、気に入った者同士《どち》、せっせと励みまする」

「なるほど」

「新婚の小屋は一夜限りでござりまして、用が済みましたらあのように壊してしまいます」

　龍は重ねてふむふむとうなずいた。

　翁がサテ――と、顔を新しくした。

「ここからが史様お尋ねの本題でござります。では、なにゆえにわが島でかくのごとき儀式をうち行うようになったか」

　龍は来たぞ、と居ずまいを正した。翁も一入《ひとしお》かしこまり、遥かに開けたわたの原を、右から左へと見渡した。

「われらはこのわたつうみにぐるりを囲まれ生きてきた海人でござります。海こそがわれらの故郷でござります。そして、この淡路には誇るべき祖神《おやがみ》様がおられます」

　真剣なまなざしが、龍の上でぴたりと止まった。

「イザナキ様、イザナミ様と仰せられます。男と女の海の神様でござります。兄妹の神様じゃと申します」

「それだ、翁。待っておった」

――イザナキ、イザナミ。

潮風の中で聞くと、ざんぱ、ざんぱ、と砕ける波の音《ね》のように思われた。

翁がふくよかな笑みを浮かべた。よく焼けた顔の中で、瞳のみが海の色を映して、澄んだ青色になる。

「聞かせてくれ」

龍は胸をふくらませ、翁の次の言葉を待った。

翁は、はい、としずかにこうべを垂れた。

「遠い遠い昔、この乾坤《あめつち》には人もなく島もなく、ただ茫漠《ぼうばく》たるわたの原がどこまでも、涯《はて》しもなく広がっておったのです。海の表は白くかすみ、もやがゆるゆると渦巻き、猪《しし》のあぶらが浮かび流れるように、ゆらゆら、ゆらゆら、とたゆたっておりました。

そこへイザナキ、イザナミの男女神が美しい舟に乗っておいでになりました。そして、このあたりがよかろう、と舟をお停めになりました。お二人は大きな櫂をお持ちになり、潮の中に深く差し入れ、こをろ、こをろ、と搔《か》き混ぜ、引きあげなさりました」

龍はあっと思った。

――浮きしあぶら　落ちなづさひ

――水なこをろこをろに　こしも　あやにかしこし

わがあるじから聞いたあまがたり歌の、あの謎の詩句だ。

「そうしましたら、櫂の端から、ほたり、ほたり、と滴《しずく》がしたたり落ち、潮が固まり、島ができたのでござります。これをおのごろ島と申します」

「ほう――」

耳に新しい響きだった。おのごろじま、おのごろじま、と舌の上で転がすようにした。

翁がすかさず聞きとがめ、

「おのずから潮が凝り固まってできた島、という意でござります」

と、応じた。

「両神はおのごろ島にお降りになり、りっぱな柱をお立てになりました。そのまわりをぐるり、ぐるりとめぐり、いざない、いざなわれなさりました。このときかけあわれたお言葉が、先ほどの童子らの、あれでござります。『あなにやし、えをとこを』『あなにやし、えをとめを』。

それから男女神は新しき屋形をお建てになり、聖なるまぐわいをなさりました。二神のこのようないわれにまねびまして、島の者は新婚の儀式を執り行っておるのでござります」

翁は素朴なかおばせをくしゃっと皺めた。

「なるほど、合点《がてん》じゃ」

龍が諾《うべな》った。

翁はこうべをめぐらせ、空、海、樹、草花と、順々に見やった。

「イザナキ神とイザナミ神は親しうむつみあわれ、さまざまなものを生んでゆかれました。まずは、この世のすべての大本《おおもと》となる大地をお生みになりました。それだけでは赤裸でござりまするので、草を生み、樹を生み、風をお生みになりました。泉を生み、川を生み、鉄《くろがね》をお生みになりました。魚を生み、鳥を生み、人をお生みになりました。そのようにして、しだいしだいに五穀生い茂り、鳥獣群れ遊び、民草《たみぐさ》が豊かに繁栄する祖国ができあがっていったのでござります」

「おもしろいぞ、翁」

褒められて、翁は頰をゆるませた。

「淡路は小さき島でござります。しかし、この倭国《やまと》の始まりとなった祝すべき島であると、われらは誇りに思うております。

わが邦に漁《すなどり》を援《たす》け、船路をお守りくださる海の神様はあまたおられます。津国の住《すみ》吉《よし》の神様、安曇《あずみ》の人びとのワタツミの神様、宗像《むなかた》の三柱《みはしら》の女神様。しかし、われらのイザナキ神、イザナミ神はそれのみではござりませぬ。この世の創始の神様にして、いざない、いざなわれる神様でござります。ミトノマグハヒによって万物を生みなされる豊《ほう》饒《じょう》の男女神様でおざります」

言葉の尻に一段と力が入り、日焼けした顔がぽおっと熱ばんだ。

翁は龍に向かって深く一礼し、「それでは」と、瞳を切り替えた。

「これからその聖なるおのごろ島へ史様をお連れしとうございます」

「え――」

龍は驚いた。物語の中の島とばかり思っていたからである。

「翁、その島はあるのか？　現《うつつ》に存するのか？」

翁が朗らかな笑声を立てた。

「さようでおざりまするなあ。あってはおかしいかもしれませぬ。しかし、われらはこの南に浮かぶ小島をそれと言い伝えておるのです。ぜひぜひご覧くださりませ」

「おお、見よう」

龍は勢いよく立ちあがった。

翁も即時に腰を上げ、袴《はかま》の土埃《つちぼこり》をそっとはたいた。そうして、「こちらへ」とうやうやしく先導しながら、新婚の仮屋のかたわらでぴたりと止まった。

「史様、ちとあれを」

と、指し示した。

うながされたほうへ顔をやると、大きな井戸のようなものがある。

「お？　ずいぶんりっぱな泉水のようであるが」

「さようにござります」

翁が誇らしげに目を細めた。

「御井《おい》の清水《しみず》と申します。あれもまた、われらのだいじなものにございます」

「いまの儀式に関係するか」

「大いにいたします」

龍は興味しんしんになった。

翁は手の指を一本立てた。

「まず、男女の営みにはうるおいが肝要でございます。その縁起の意味が一つ」

絞った巾着のようににゅっと笑った。

さらにもう一本立てた。

「いま一つは、初夜から気が早うございますが、あれは赤子が生まれた際に産湯《うぶゆ》に使う井戸なのでございます。わが島では子が生まれますと、湯坐《ゆえ》と申す乳母が産湯を使わせます。大きなたらいに清水をくみ、暑き折には冷水で、寒き時節には湯に焚《た》いて、こをろ、こをろ、と唱えながら、赤子を揺すって禊《みそ》ぎ申します。赤子はよき水の力を得て、すこやかに育つのでございます」

「すぐれたならわしであるな」

龍はわれしらず井戸に歩み寄った。

竹を組んだ覆い屋根の下に、人ひとりからだを伸ばして入れるほどの岩船が置かれてあった。きよらかな清水がコンコンと湧きいで、えぐれた岩の縁を洗っている。

しゃがんで掌《たなごころ》を結び、口に含んだ。甘く、さわやかで、やわらかい。

「よい水だ」

「はい。桶《おけ》を組み、船を仕立て、難波のオホサザキの大王《おおきみ》のおん元へお運びしたこともございます」

翁は両腕を大きく広げ、桶の大きさを示した。

龍は口許をぬぐいながらかたわらを見やった。木賊《とくさ》を太くしたような草がたくさん生えている。

「こは、なんぞ」

ああ――と、翁が一本、茎をつかみ、ぎゅっと引いた。すっぽん、という潔い音がした。

「イタドリでござります。平凡な雑草にござりまするが、水辺に根を張って水を清くいたします。薬草にもなり申します」

「さようか」

草に触れながら、翁を見上げた。

翁も悠揚《ゆうよう》と見返した。

「では、まいりましょう。船頭も待ちくたびれておりましょう」

皺首をうんと土壇のほうに伸ばし、「おーい、コナキ、コナミ、早う来《こ》」と、相変わらず無邪気に柱をめぐりつづけている二人の孫を呼び寄せた。

三・陽の御柱、陰の祠

「おやくにんさま」

「ふひとさま」

ゆさゆさと腕を揺すぶられ、龍はハッと目を覚ました。

ぴかぴかの栗の実のような童子が、よく似たかおばせを並べ、こちらを覗《のぞ》き込んでいる。

「じき、つきもうします」

「つきもうします」

丸い瞳を輝かせ、無邪気に口を揃える。

「ヤ、どのくらいうつらうつらしておったかしらん。先ほどの酒がいまごろきいてきたような」

照れ隠しに童子の髪をくしゃくしゃに乱し、ほっぺを一人ずつ、ちょん、ちょん、とした。子らがきゃあ、と歓声をあげる。

「なんの」

翁がそばから助太刀《すけだち》してくれる。

「ほんのちょっくしの間でおざります。このじじも、おん昼寝のご相伴《しょうばん》にあずかっておりましたところ」

胸を叩《たた》いて笑った。

龍は頭を二、三度振って眠気を払い、まわりの景色を仰いだ。

ぎーこん、しゃー。ぎーこん、ざーっ。

長閑《のどか》な櫓のきしみと、波の音が快く耳を搏《う》つ。ねばるような磯のにおいがする。日はあきらかに中天にある。ゆら、ゆら、と揺れる舷《ふなばた》に、ときおり人なつこい都鳥がやってくる。

津名の湊を船出してから、しばらく岸伝いに進んでいたが、いまは陸地《くが》を離れた。目の先に皿を伏せたような小島が浮かんでいる。

「あれか」

龍は翁をかえりみた。

「さようでおざります、おのごろ島におざります」

「おざります」

子らが脇から木霊《こだま》のように声を合わせる。

「またの名を、沼島《ぬしま》と申します」

「もうします」

ほう、と感心するうちに、舳先《へさき》が転じたのか、いままで見えていた島の形がじゃっかん変わった。平たい輪郭のまん中のあたりが少しくぼんでみえる。

「酒盃が二つ、連なっておるようでありましょう」

翁が指を伸ばし、宙をなぞった。

「それだけではござりませぬ。あの島は天から眺めますと、勾玉《まがたま》の形をしておるのです」

――勾玉。

「それはまた、縁起がよいではないか」

あい、と翁がニコニコする。

「勾玉のあの形はなにを表しておるか、史様はご存じでありましょうや」

さあ――、と龍は首をかしげた。

翁は手足を猫のように曲げ、胴に引きつけた。

「赤子の形でござります。生まれたばかりのややは手足を丸め、このような恰好をしておりますろう。母者《ははじゃ》の腹のうちにおりますときは、もっと勾玉に似ておりまする。おのごろ島はこの世のいっとう初めにできました島ゆえに、赤子の形をしておるのでござります」

「なあるほど」

龍はいまや間近に迫った島に、好奇心いっぱいのまなざしを注いだ。

人影は見えぬ。田畑もないらしい。赤樫《あかがし》の森ばかりが濃く茂り、黒い鵜《う》がたくさん宿っている。

「無住かや」

「神様の島でござりまするゆえ」

翁は一つうなずくと、さいぜんから押し黙って櫓を操っている船頭に、「おい、カワズ」と声をかけた。

「史様にわれらの舟唄をお聞かせせよ」

カワズと呼ばれた船頭はゆっくりと顔を上げ、神妙にからだを折って辞儀をした。

まばゆすぎる海の光を背にして、墨を塗ったように顔が暗い。若いのか年寄りなのかわからない。その痩軀《そうく》がすうっと一息海風を吸いこんだ――、と思うや、朗々たるよい声で唄いはじめた。

せいや　よーい　おいや　ほーい
淡路の島や　おのごろ島よ

龍はおお、と聞き惚れた。

コナキとコナミが、楽しげにとん、とん、と船底を踏み鳴らす。

　イザナキ神と　イザナミ神が
　あめわたつみに　櫂差し入れて
　こをろ　こをろと　掻きなしたまへば

幼い手を取りあい、擂《す》り鉢でも擂るような手つきをする。

ふたたび翁が「カワズ、御柱岩《みはしらいわ》へ行け」と声をかけた。黒い漕ぎ手はコクリとして舵を切った。

笹形《ささがた》の舳先が左のほうに大きく旋回し、島の裏側にまわり込んだ。

とたん、波しぶく海中に屹立《きつりつ》する巨大な石柱が目に飛び込んできた。

「お……、な、なんじゃ」

龍は感嘆の声をあげた。

「みごとなものでありましょう」

翁がおごそかに応じる。

「あれこそが、イザナキ、イザナミの男女神があなにやし、あなにやし、と互いをいざないながらめぐられた御柱でござります」

翁は目を閉じ、こうべを垂れ、柱に向かってしばし手を合わせた。のち、船頭に命じた。

「カワズ、もそっと寄ってみよ」

近づくほどに、石柱は巨人が海中に打ち込んだ杭《くい》ででもあるかのように迫ってくる。

「なかなか、すさまじきものじゃ」

龍はたじたじとなった。

翁は敬虔《けいけん》なおももちで言葉を重ねる。

「じつはこの御柱、いっとう最初は島の浜辺に立っておったのでござります。ところが年月がたち申すあいだに地震《ない》が起こりまして、岸がぐっと下がりまして、このように海中に没してしまいました」

「それか」

龍は波に洗われている柱の雄々しい姿を、いまひとたびまじまじと眺めた。

「沈んでしもうたは残念だ。けれども、こうして海からぬっと現れおわす姿も悪うはないぞ」

「いかにもでござります」

翁が同意した。

そして、

「史様、この御柱はあれに見えましょう」

また絞った巾着のように相好《そうごう》を崩した。

「あれとはなんじゃ」

「御一物《ごいちもつ》でござります」

龍は噴き出した。

「なるほど、なるほど、りっぱなものじゃ」

翁が続ける。

「わが島では、イザナキ神のこの御一物をことのほか敬《うやも》うておりまして、大漁の祈願、豊作の祈願、子宝授けの祈願のときにもおすがりいたします。願いのある者は海中を泳いで柱に取りつき、這《は》いあがり、よじのぼり、できるだけ高きところに注連縄《しめなわ》をお結び申しあげます」

この荒磯でそれをやるのは、よほどの勇気が要りそうである。しかし、そのぶん霊験《れいけん》もあらたかなのかもしれない。

「御一物に、取りつき、這いあがり、よじのぼり――か」

「吸いつき、頬ずりし、撫《な》でさすり――でござります」

龍と翁は声を合わせて弾《はじ》けるように笑った。

コナキとコナミが祖父と龍の袴を交互に引っ張った。

「じじさま、ごいちもってなあに？」

「ふひとさま、ごいちもってなあに？」

龍と翁はますます大笑した。

龍は童子を見返し、「コナミになくて、コナキにあるものがあろう。なぞなぞじゃ。考えてみよ」。小さな腹の下あたりをつん、つん、と順につついた。二人はきゃあ、と身をくねらせた。

ひとしきり子らと戯れながら、龍の脳裏にふと、疑問が浮かんだ。

「しかれども、翁よ。なんじらは男神の御一物しかお祀りせぬのか。女神のだいじなもののほうはいかがした？　イザナキ神、イザナミ神は二柱で一対なのであるから、両神をお祀りせねば片落ちというものであろう」

すると、底抜けに明るかった翁の顔がにわかに翳《かげ》った。

「おっしゃるとおりにござります」

口をつぐんだ。

奇妙な間ができた。かろい笑談《じょうだん》のつもりで言ったのに、翁の様子をいぶかしく思った。

そのおかしな空隙《くうげき》が、わが主君から命じられていたもう一つの調べごとを龍に思い出させた。

「そうじゃ、翁」

手を打った。

「もひとつなんじに訊かねばならぬことがあった。タヂヒノミヅハワケ様とおっしゃる大王《おおきみ》のことだ。先触れしてあったかの？　この淡路でおん幼少時をお過ごしになったという大王だ」

翁は「承知いたしております」と短く返し、さらに冴《さ》えぬ顔色になった。孫らの肩をすべとさすりながら、なにやらもの思わしげにしている。

龍はますます怪訝《けげん》に思った。

「どうかしたか？」

相手はなおもうつむき加減である。

「翁？」

再度うながした。

ぎーこん、しゃー。ぎーこん、ざーっ。櫓のきしみと波の音ばかりが耳朶《じだ》を打つ。

翁よ——、とみたび声をかけようとしたとき、おもむろに顔が上がった。

「よろしゅうございます」

きっぱりと応答した。

「じつは、少々はばかられることがございまして、ご依頼をお受けしたときから、いかに、いかに、と迷うておったのでございます。しかし、覚悟いたしました。つつまず申しあげます」

茫々《ぼうぼう》の太い眉が一文字に締まっている。

龍もつられて姿勢を改めた。

「心して聞こう」

皺深い口許が開かれた。

「仰せのとおり、われらの祖神《おやがみ》様はいざない、いざなわれる男女の神様でございます。男神と女神とで一対でございます。聖なるまぐわいは、なりあわざるところとなり余れるところをもって一つになり申します。陰と陽とで一揃いでございます。

このおのごろ島は赤子の形をしておりまする。ややが生まれるのは父母《かぞいろ》あってと決まっております。したがいまして、イザナキ神だけをお祀りするはずがないのでございます。イザナミの女神様のだいじなものも、われらはちゃあんとお祀り申しあげておるのでございます」

翁が船頭に命じた。

「カワズ、祠《ほこら》のほうへまわれ」

寡黙な船頭はうやうやしく辞儀をした。

＊

折しも逆向きに吹きはじめた海風に、肌を思うさまなぶられる。

翁は白波に洗われている岸壁の一カ所を指さし、「あそこでござります」と言った。

「む――?」

龍は示された場所に目を凝らした。

ごつごつとした岩場に鋭い亀裂が入り、二つに割れている。海中に浸って見えにくいが、下のほうは洞《うろ》になっているらしい。大波が入り込み、間歇的《かんけつてき》に潮が噴きあがる。かたわらの松の枝に、ちぎれた注連縄がぶら下がって揺れている。

翁は先ほど御柱岩に対してしたのと同じようにいんぎんにこうべを垂れ、手を合わせた。

「あれなるが、イザナミの女神の御女陰《みほと》でござります。こちらの祠も地震によって沈みました。それ以前は、地の上にぽっかりと口を開けておりました」

「ほおー」

龍はむしょうに感動する。わずかにのぞいている黒い切れ目が、ことのほか神々《こうごう》しいものに見える。

「それで？　あの祠のいかなるところがはばかられるのじゃ」

　翁は生真面目なおももちで、風になぶられた白いおくれ毛を耳の上に掻きあげた。

「先ほどやつがれは、イザナキの男神とイザナミの女神がなにもなき海上に現れいでまし、万物を生んでいかれたと申しあげました」

「うむ、そうであった」

「あれは、伝えられておる話の半分なのです。その先にまだ半分、お話があるのでござります」

「そうなのか」

「さようでござります」

　翁は両のこぶしを両の膝の上にきちんと据えた。

「イザナキの男神とイザナミの女神はミトノマグハヒによって、あまたのものをお生みになりました。大地、草、樹、風、泉、川、鉄《くろがね》、魚、鳥、民草……。それらが礎《いしずえ》となって倭国《やまと》の豊かな国土ができあがってゆきました。女神様はその果てに、火をお生みになったのです。火は生きとし生けるものにとって、なくてはならぬものでござります。けれども灼熱《しやくねつ》に身を焦がす、恐ろしきものでもござります。それがために女神は御女陰を焼かれ、みまかられてしもうたのです。そのおん骸《むくろ》が――」

　そこまで言うと、翁はつっと目線を動かし、あなたの岩窟を仰いだ。

「あれなる祠に葬られたのです」

「おお、おお、そういうことであったか」

龍は翁とともに黒々とした亀裂に見入った。むやみに武者震いが出た。

コナキ、コナミが不穏な気配を察し、「じじさま……」「じじさま……」と祖父の袴にかじりつく。翁が「よしよし、だいじない、恐ろしゅうない」と、子らを両脇に抱きしめる。

龍は翁を見つめ、先をうながした。

翁は物語を続行した。

「生者は生の国に住み、死者は死の国に住まいます。これはけっして曲げてはならぬ理《ことわり》でござります。掟《おきて》でござります。生ある者は死者の跡を追うたりしてはなりませぬ。けれども、最愛の妻を失ったイザナキ神は禁を犯し、洞の中に踏み込まれていったのです。

すると、深い深い穴の奥に一つの屋形が現れまして、中からいとしいイザナミ神がお出ましになりました。見れば、生きておられたときと寸分たがわぬお美しさです。イザナキ神はうれしゅうなってその手を取り、『吾妹子《わぎもこ》よ、迎えにきたぞ、さあ、いっしょに帰ろう』とくどかれました。イザナミ神は苦衷《くちゅう》のお顔をされ、『私はもう黄泉《よも》つへぐいをしてしまいました。ごいっしょはできません』とお答えなさりました。黄泉つへぐいとは、黄泉《よみ》の国の食べ物を食べることです。これをいたしますと、あちらの住人になってしまうのです。

イザナキ神はなおも強う迫られました。イザナミ神は、『では、帰ってもよいかどうか、この世界のお主《しゅう》様に訊いてまいります。待っているあいだ、けっして入ってこないでくださいね』と念を押し、屋形に戻っていかれました。

言われたとおり、イザナキ神は屋形の外でお待ちになりました。けれども、いつまでたってもイザナミ神は戻ってきません。ついにしびれを切らし、屋形へ入っていかれたのです。

屋形のうちはまっ暗で、なにも見えませんでした。ぬるい風が吹いていて、なにやら生臭いけだもののにおいがいたします。イザナキ神は髪に挿していた櫛《くし》を抜き、歯を折って火をつけてみました。そしたら、なんということでござりましょう。部屋の隅の寝台の上にぐずぐずに腐り果て、全身にしゅんしゅんと蛆《うじ》のわいた、世にもあさましい妻の姿があったのです。しかも、そのまわりには眷属《けんぞく》とおぼしき赤や青の鬼がたくさん取りついています。

その音でイザナミ神が気づき、寝台に起きあがられました。イザナキ神はぞっと凍りつき、櫛を取り落としてしまいました。

『あれほど入らないでくださいねとお願いしたのに、どうして約束を破ったのですか』

おのれの醜い姿を見られたことに激怒なさりました。

二つの黒い眼の穴から蛆がボロボロこぼれ落ち、腐った唇から牙のような歯がずらりとむきだして見えました。その恐ろしいこと、恐ろしいこと。イザナキ神は震えあがり、踵《きびす》を返し、一目散に逃げはじめました。するとイザナミ神も朽ちかけの骨をギシギシ、ガクガクいわせながら追ってきました。

イザナキ神は、逃げて、逃げて、まろぶように逃げました。そして、ようやく薄明かりが見えてきたところで、かたわらに大きな岩があるのに気がつきました。これだ、と力の限り岩を動かし、穴の入口をぴたりとふさがれました。

その直後にイザナミ神が追いつかれ、お二人神は岩戸を隔てて言の葉で対決なさることになったのです。

まず、イザナミ神が呪詛《じゅそ》の言葉を吐かれました。

『いとしい背《せ》の君よ。あなたは私に恥をかかせました。その返礼《おかえし》に、私はあなたの国の民草を一日《ひとひ》に千人殺してさしあげます』

イザナキ神も勇をふるって対抗されました。

『いとしい妹《いも》よ。よろしい、おまえがそうするならば、私は一日に千五百の産屋《うぶや》を建てようぞ』

こうしてイザナキ、イザナミの男女神は永《なが》の訣別《けつべつ》をなすったのでございます――」

翁は口を閉じ、ほっと大きく息をついた。

「終わりか」

龍が訊いた。

自分でも怖気《おそけ》で頬がこわばっているのがわかる。

「さようでございます」

コナキとコナミも唇をわななかせ、「じじさま……」「じじさま……」と祖父にかじりついている。翁は「だいじない、恐ろしゅうない」と呪文のようにつぶやき、小さな二つの肩をさすってやる。

「ゆゆしき伝えであるな」

翁がこくりとする。

「ゆえにこそ、島の者は伝えのうちの半ばまでしか、つねは語らぬのでございます。願いごとをする折も、まずは男神の御一物をあがめたてまつります。裏では女神のだいじなものも斎《いつ》きたてまつるのですが、それは内々のことでございます」

龍は波の切れ間からちらり、ちらり、とのぞいている亀裂をいまひとたび眺めた。

「つまり、あの祠は、黄泉の国の窟《いわや》、というわけだ」

翁は「はい」といらえた。しかし、すぐに「いえ――」と否定し、悲喜がないまぜになったような眼《まなこ》をした。

「なんだ？」

少し様子がおかしかった。しばしのためらいののち、続きの言葉が出た。

「われら淡路の者は、あれを黄泉の窟とは呼んでおらぬのです。ハナの窟と呼んでおるのです」

――え？

「ハナの窟？」

龍は意を解しかねた。

「黄泉の窟でもなく？　イザナミ神の窟でもなく？」

翁がうなずいた。

「さようにござります」

「また、なにゆえに？」

「それは――」

翁の唇はきつく結ばれている。

「申してみよ」

こちらを見つめる瞳の色は一段と深い。

「つつまず話す、と言うたではないか」

さらにうながすと、翁の牡蠣殻《かきがら》めいた口がようやく開いた。

「では、申しあげます。あの祠にはもう一つ、別のいわくが重なっておるのでござります。それは、史様お尋ねのタヂヒノミヅハワケの皇子に関係することなのでございます」

「なんと」

思いもよらなかった二つの要件の連結に、龍は思わず腰を浮かせた。

「おもしろうなってきた」

興奮して翁の手をとった。

「聞かせよ」

中天にあった日はすでに西に傾き、海は濃い藍色に、空は夕日の赤みを含んで瑠璃色《るりいろ》に染まっている。西日を背にした船頭が、先ほどよりもより黒々と、炭の柱のように見える。

二人の童子は疲れたらしく、祖父の袴にしがみついて眠っている。翁は二つの小さな物体をそっと並べて船底に横たえた。

「もうちとあなたに、波の穏やかな潮《しお》だまりがございまする。そこへまいりまして、落ち着いて申しあげとうございます」

翁はほんの少しほほえみ、船頭に命じた。

「カワズ、沼の浦につけよ」

船頭は黙然と辞儀をして、ぎいいー、と舵を切った。

四・ミヅハワケとハナ

やれ、ここはお静かでよろしうございます。お待たせ申しあげました。それではお話しいたします。

史様、あの遥かなひむがしをご覧くださりませ。あれにかすむは葦原《あしはら》うるわしき難波の埼《さき》。その向こうは河内の国にございます。

いま、わが邦の都は飛鳥にございまするが、それより以前、難波や河内に大王《おおきみ》やおきさき様、皇子様方があまたおわした世がございました。この淡路は大王家の御饌《みけ》つ国でございまして、古くから海の幸山の幸をお納めしてまいりました。が、河内難波が栄えておったころにはそれのみならず、尊いおん方の船の足として、また御子様方のおん養育の係として、いまよりもずっとずっと密にお仕え申しあげておったのです。

お尋ねのタヂヒノミヅハワケの皇子も、そのころのおん方様でございます。この淡路で産湯をお使いになり、成人されるまでわれらがおはぐくみ申しあげました。

かの皇子はご幼少のみぎりよりそれはそれはお美しく、瑞歯別《みずはわけ》との御名のとおり輝くように白い歯をされ、お心もおやさしく、すばらしきおん方様でござりました。われらはみな心よりお慕い申しておったのです。

ところが、そんな皇子を悲劇が襲いました。それは、聖王とうたわれた父君のオホサザキ様がみまかられたのちのこと。お跡の位をめぐってご兄弟でひどい争いが起こったのでござります。

オホサザキの父君のお跡にはご長男のオホエノイザホワケの皇子（履中《りちゆう》）がお就きになったのですが、それを、ご二男のスミノエノナカツミコ様が不満に思われました。スミノエの皇子はご気象荒く、気位高く、王位にふさわしきはわれよりほかになしと自負しておられました。ゆえに兄様のご襲位が気に入らず、お屋形を焼き討ちし、お命を取ろうとなさったのです。兄様は間一髪で逃れましたが、おん身の危険を感じ、信頼できるご三男のミヅハワケの皇子を呼び寄せ、命じられました。

「わが弟ミヅハワケよ。スミノエは腹黒くよこしまである。もしきゃつが世を治めるようになったら一大事じゃ。悪政がはびこり、天下は暗黒の大乱となるであろう。生かしておくわけにいかぬ。そなた、朕《ちん》のために奮起してスミノエを除いてくれ。こは正義の鉄槌《てっつい》である。そなたは清き男だ。朕はわが跡はそなたに頼みたいと思うておる。二人で協力しあおうぞ」

ミヅハワケの皇子にとってイザホワケ様は偉大な兄様でありました。ゆえに、そのご政道のために、中の兄様のスミノエの皇子と戦うことにいたしました。

ところが、スミノエの皇子はいくさ巧者でありまして、なかなか隙《すき》がありませぬ。そこで、武勇の家臣のソバカリを口説き、おのれが位に就いた暁には高位に取り立てると約束し、あるじのスミノエの皇子を討たせることに成功したのでございます。

ところが、柄にもない謀計をなすったために、罪の意識がミヅハワケの皇子のお心をさいなんでゆきました。人を信ずることができなくなり、ソバカリに疑《うたぐ》りの目を向けるようになりました。

この男は主君を裏切った家臣である。もしこの先同じようなはかりごとが出来《しゅったい》したら、こんどは私を殺すだろう――。そう思うといてもたってもいられなくなりました。悩み、迷いした末に、酒宴をもよおしてソバカリを酔わせ、騙《だま》し討ちしてしまいました。これにより、とりあえずの不安は取り除かれました。皇子のお心に安寧が訪れれば、それはそれでよろしゅうございました。けれども、そうはなりませんでした。皇子のお心はますます乱れていったのです。そして、こんどは自分に恐ろしい命令を下した上の兄様イザホワケ様にご不信をいだくようになりました。

上の兄様は自分を使って中の兄様を亡き者にされた。次は別の弟を使って、自分を亡き者にしようとなさるであろう。こうしているいまも、虎視眈々《こしたんたん》とわが命を狙っておられるのではなかろうか――。

毎夜悪夢にうなされ、眠ることもならず、食事も喉を通らなくなりました。しだいに病み衰え、枯木のように痩せ、ついに床《とこ》から起きあがれぬようになってしまわれたのです。

そうなったときに、皇子の脳裏に浮かぶのは、幼い日々を過ごした淡路でした。のどかな海山には争いもなく、騙しあいもなく、裏切りもありませぬ。

皇子のお心にとりわけ懐かしゅう去来したのは、皇子がオモと呼んでいたやさしい乳母と、その娘のハナでした。

皇子にとってオモはじつの母様以上に慕わしい人であり、ハナはじつの妹のようにいとしき者でございました。皇子とハナは幼きとき、ここにおりますコナキとコナミのように寝食をともにし、仲よう育たれたのです。このおのごろ島をおん遊び場になさり、「あなにやし、えをとこを」「あなにやし、えをとめを」と、毎日のように戯れておいでだったのです。

やまいの皇子はその情景をまぶたに描かれ、熱烈に望みました。なんの憂いもなかったあのころに戻りたい――。

かくして輿《こし》に担がれ、この淡路に戻っていらしたのです。

オモとハナは皇子のご帰還を心からよろこびました。そして、そのあまりのお変わりように激しく涙いたしました。是が非でもお元気だった昔に復していただきたい。ひたぶるに念願し、つききりの看護を始めたのでございます。

まずはお召しあがりものに心を砕きました。淡路はいにしえより王室に食饌《しょくせん》を捧げてきた国でございます。薬膳の知識に長けております。膳部《かしわでべ》のようなものでございます。日々、滋養豊かな海の幸を揃え、強壮にきく山の幸を調製し、せっせとお口にお運び申しあげました。

加えまして、名水を用いた湯あみの療治をお尽くしいたしました。さようでございます。先ほど新婚の仮屋のところでお目にかけた、あの御井の清水でございます。

われらは皇子がお生まれになったときからあの名水を用い、おからだをお養いしてまいりました。暑気の折には冷水を、寒中にはぬくい湯に焚き、幼き皇子をお抱きまいらせ、大きなたらいでこをろ、こをろ、とお清めいたします。それと同じご奉仕を、おからだのお弱りになった皇子に、いまひとたびおつとめ申しあげたのです。

そもそも沐浴《もくよく》とはなにかと申しますと、赤子《あかご》が母者の腹の中の水で養われる、あのまねびでございます。それを日々繰り返すことによって、命の力をおからだにお授けたてまつるのです。目の前のこのおのごろ島が、手足を折り曲げた赤子の形であることをお思いくださりませ。そんな精いっぱいの願いを込めて、オモとハナは皇子様にあたたかな湯のご奉仕をしたのです。

その甲斐あってか、皇子は少しずつ恢復《かいふく》なさいました。そして、当然のなりゆきといえましょうか、ハナと深く愛しあうようになられました。イザナキの男神とイザナミの女神も兄妹神様と申しますが、ミヅハワケの皇子とハナも兄妹のごときおん育ちでござります。なにやら通じるところがござります。

一年の月日がたったころ、オモがはやりやまいで亡くなりました。皇子は悲しまれましたが、そのぶん、ハナが倍ほどお尽くし申しあげました。そんなハナを、皇子はそれはそれはいとしまれました。ハナといっしょでなければ食事もとらぬ、眠りもできぬ、目覚めても不安で気がおかしゅうなる、というほど熱愛されたのです。

ミヅハワケの皇子も美男におわしましたが、ハナも島いちばんとうたわれる美女《くわしめ》でござりました。皇子とハナが寄り添うさまは、花がらんまんと咲きにおうようであったそうにござります。

かくするうちに、ハナが身ごもりました。皇子は赤子が生まれてくる日を今日か、明日かと心待ちになさりました。

けれども、運命の神様は残酷でござります。ハナの産はことのほか重うござりまして、苦しみ、苦しみした末に生まれた子は産声をあげることがありませなんだ。そのうえに、ハナその人もあの世へ旅立ってしもうたのです。

皇子のお嘆きはひととおりではありませんでした。せっかく治りかけておられたやまいもたちまち逆戻りして、ふたたびもうろうと床に臥《ふ》してしまわれました。

ハナが旅立ってから七日ののち、皇子のお姿がみえなくなりました。お仕えの者どもは青うなってほうぼうをお捜しし、ようやく見つけました。

それはどこかと申しますと、ハナが葬られた場所でございました。ハナが葬られた場所とはどこかと言いますと、ほかでもございませぬ、あのイザナミ神の窟でございます。黄泉の窟でございます。ミヅハワケの皇子は窟の奥に置かれたハナの棺に抱きつくようにしてこと切れておられたのです。

なぜにハナがイザナミ神の窟に葬られたか、でございまするか？　はい、当然のお尋ねでございます。それはハナがミヅハワケの皇子に愛された女人《にょにん》だからでございます。この淡路は王室に近しう侍《はべ》った国でおざります。ゆえに、尊いおん方にお仕えした女人がいくたりもございます。わが邦の大王は尊い神様の末裔《すえ》であります。ゆえに、その思われ人となった女人は神の妻として、かの窟に葬るならわしになっておったのです。

ハナが死んだあと、ミヅハワケの皇子は苦しい息の中でお傍の者に、こう漏らされたそうです。

イザナミの女神を追うていかれたイザナキの男神は、なぜに黄泉の屋形を逃げ出したのであろう。さほどの想いで妻に会いにいったのならば、おのれも黄泉つへぐいをして、かの国でむつまじう暮らせばよいではないか。愛しい妻のおらぬ世に一人で生きることのほうが、よほど地獄である——と。

以上が、かの窟がハナの窟と呼ばれるようになった理由《わけ》でございます。

それからもう一つ、タヂヒノミヅハワケ、と御名にありながら、丹比の地に由来がないのが解《げ》せぬとのお尋ねを、厩戸皇子様より承っております。ご明察でございます。そのとおり、タヂヒというは河内の丹比のことではございませぬ。

　では、なにかと申しますと――、ミヅハワケの皇子がお湯をお使いになった御井の清水を思い出してくださりませ。あのかたわらにイタドリがたくさん生えておりましたろう。あのイタドリのことを、淡路ではタヂヒと申すのでございます。あの場所に、皇子の宮があったのでございます。これが、皇子の御名のいわれです。

　悲しき伝承でございます。けれども、愛しあい、いざないあう男子《おのこ》と女子《おなご》という点におきましては、うるわしきお話でもございましょうか。ゆえに、淡路の者はおのごろ島をお慕いし、御柱岩をお慕いし、御井の清水をお慕いし、かつまたハナの窟をも、お慕い申しあげておるのでございます。

五・膳部の郎女

「終わりか？」

　目を閉じて聞いていた厩戸皇子が片目だけ開けた。

「さようにございます」

「ごくろう」

両目を開き、ニッとした。

「興《きょう》であったぞよ」

主君の満悦の表情に、龍は胸を撫でおろした。

「安堵《あんど》いたしました」

厩戸はうなずきながら、あごひげをいじくった。

「われら陸地《くが》に住む者とは違う、海人《あま》の言い状が新奇であった」

そして、少しく首をあおり、遥かの島を慕うようにした。

「じつのところ、吾はわれらが国土の始まりをいかに描こうか、ずっと思案しておったのだ。が、こんにちの話で心が動いたわ」

「おお」

龍は眉を開いた。取材してきた者にとって、これ以上のよろこびはない。

「皇子、いかなるふうに？」

じりっと乗り出した。

厩戸はあごひげを触りながら、こんなのだ、と続けた。

「一組の男女の神がむつまじう手を取りあい、わたの原を櫂でこをろ、こをろ、と掻き混ぜながら、倭国《やまと》の大八洲《おおやしま》をつくっていく。淡路、伊予《いよ》、隠岐《おき》、筑紫《つくし》、秋津島《あきつしま》……という具合に。そのわたの原というは、ただの海でない。大空に光り輝く雲のわたつうみじや。どうだ」

「それはまた、なんとうるわしいこと」

厩戸がうん——、と言葉を重ねる。

「吾はいままで考えもしていなかったが、この国も天の高みから眺むれば、かのあまがたりの歌に詠まれたごとく、槻の葉が酒器の面《おもて》に群れ浮かぶに似た小島の集まりなのであろうからのう。そのことがようわかった」

「さようかもしれませぬなあ。神様の目になって、一度見てみたいものでございます」

どこか遠いところで、ピーン、ヨロヨロ、ととんびが祝福に似た合の手を入れた。

少時、間ができた。

龍はかろく居ずまいを正し、「それにしても、この龍め——」と、古老から聞いてきた話を反芻《はんすう》した。

「黄泉の国の化け物になった女房と対決したという、イザナキ神のお話が忘られませぬ。それにも増して、好きな女房のためなら化け物になってもかまわぬと、みずから黄泉の国の住人になりにいったミヅハワケの皇子のお話が忘られませせぬ」

「そうだな」

ふたたびとんびがピーン、ヨロヨロ、と高く鳴いた。

その鳴き終わりを待ったように、「しかし」と厩戸が涼しい横目を流した。

「はたして、ほんとにそうであったか、な」

「え」

龍はそのままの姿勢で固まった。

「それやあ、どういうことでござりましょう」

「こないだも言うたであろう。ものを語る者は、必ず語る側の利からしか語らぬ」

「はあ」

不得要領のしもべを置き去りにして、厩戸はがさごそと文机のかたわらの反故類《ほごるい》をさぐった。しばしののち、「これな」と、小さな切れ端を床に置いた。薄い紙が一瞬ふわりと浮き、ふたたび床に吸いついた。

皺くたの鳶色《とびいろ》がかった紙に、一文字、「蝮」とあった。

龍が読みあげた。

「マムシ、でござりまするか」

「うむ」

だしぬけに、窓の向こうでざわめきが起こった。

——おや?

龍は首を伸ばし、人びとの群れを見やった。なにやら貴い人の到来らしい。

——あ……。

おごそかな一人の老女がたくさんの女官に抱えられるようにして、輿から降りてきた。主君の母の間人太后《はしひとたいこう》であった。枯木のようによろぼうからだに、すかさず菩岐々美郎女《ほききみのいらつめ》が寄り添ってゆく。

厩戸がおかまいなしの調子で続けた。

「吾はタヂヒノミヅハワケという御名が、どうしてもひっかかってな。そなたが出かけておるあいだに、ちょいと調べてみた。そしたら、あれがおもしろいことを言うた」

初めて窓の外を一瞥し、菩岐々美郎女に向かってあごをしゃくった。

「おきさき様が、でござりまするか」

「ああ」

「なんと？」

「マムシ草のことではないかと」

「む……？　タヂヒがでありますか？　イタドリではのうて」

「ああ。マムシ草の別名だそうだ」

厩戸が端正な頰を片側だけきゅっと動かした。

「猛毒のものがあるそうじゃ。服用するとからだの内側が焼けただれ、心の臓も止まるとか」

「げっ」

龍は目を剝《む》いた。

厩戸がさらに続ける。

「淡路は王家の御饌《みけ》つ国じゃ。ハナらはやまいの皇子の養いをする者どもだ。膳部《かしわでべ》のようなものである。津名の翁も言うておったろう。薬草のたぐいには精通しておったはずだ」

龍はますます目を白黒させる。

「と、申しますと？　まさか、彼らが、かの皇子を――？」

疑りの眼《まなこ》が四つ、からみあった。

厩戸は軽く首を振り、もつれをすう、と解いた。

「いや、必ずしも剣吞《けんのん》な意ばかりでもなかろうよ。愛ゆえに、ということもあるかもしれぬ」

そう言われても、龍はよくわからない。

考え込んだ腹心を、厩戸はおかしそうに見た。「蝮」と書かれた紙片を拾いあげ、手の中でもてあそんだ。

「たとえば、だ」

「はい」

「おのれのいとしい背の君が身も心も苦しみ抜いておって、いかに療治をほどこしても復する見込みがない。そうしておるうちにおのれもやまいに倒れ、もはや世話をすることがかなわぬようになった。なあんてことになったら――、いかがする？　いっそもろともに、と思わぬか」

龍はごくりと唾を飲んだ。

「そうなので、ござりまするか？」

「だから、たとえばの話だと言うたであろう」

「蝮」の紙片がきれいな細い指先でつまみあげられ、ふわ、ふわ、と揺れた。

「男子《おのこ》と女子《おなご》のことは、一筋には解けぬものじゃ。面妖《めんよう》なものよ。吾は幾十年《いくととせ》も仏の道を学んでおるが、経典にもなんにも書いていない。釈尊も苦手であったかな」

「う……」

龍はさらに謎をかけられたような気がした。

いけずな主君はふっ、と、ほっ、のあいだのような音《ね》を立てた。

「まあ、けっきょく、わからぬことはわからぬ。そういうものさ」

決まり文句を言った。

戸外でひとしきりほがらかな笑い声が立った。龍と廐戸は同時に声のかたを見やった。

菩岐々美郎女がいかにもむつまじげに姑《しゅうとめ》の背を支え、奥の殿舎のほうに導いていく。ふくよかな横顔が、ちらりと見えた。

膳部の娘として、背の君に誠心誠意尽くしてきた妻であった。

龍はなんとなく、言葉がなかった。

＊

どこからともなく差し込む薄明かりが、八角形の天井をにじませている。

じっと見つめていると、その形はしだいにぼやけ、もやもやとかすみ、目を開けているのか閉じているのかわからなくなった。

気がつくと、厩戸皇子は遥かな空を飛んでいた。

目の下いっぱいに、雲とも、霞とも、あぶくとも知れぬ、まっ白なもやが広がっている。沼のように、クラゲのように、猪《しし》のあぶらのように、渦巻きうごめいている。その緩慢《かんまん》な流れの下から、風に乗って切れぎれに唄声が響いてくる。

せいや　よーい　おいや　ほーい
淡路の島や　おのごろ島よ

よい声だ。淡路の海人の唄声か。

やがてもやの切れ間に、目にしみるまっ青な色がのぞいた。ああ、はろばろのわたの原。涯《はて》しのないわたつうみ。じっとりと粘りつくような潮のにおいがする。

額に手をかざし、まばゆい彼方を仰ぎ見た。

うるわしい滄海の向こうから、夢《いめ》の木の葉のように一艘の舟が現れた。

舟はゆら、ゆら、と波間を縫い、ゆるやかに旋回する。その青い軌道の形に、こをろ、こをろ、と潮が渦巻きはじめる。

また目をつむり、ふっと開けた。こんどはおのれが舟に揺られ、櫂を手に取っている。

――おや。

かたわらを見やると、菩岐々美郎女が白い頬でほほえんでいる。

吾はなにをしておるのだろう。

しばし考え、納得した。そうだ、吾は倭国の大地を生むところだった。吾はこの国の始まりの物語をつくっている。国の物語をつくることは、国を生むことと同じき事業《ことわざ》だもの。

吾と菩岐々美は、イザナキとイザナミである。どんどんと祖国を生んでいこう。淡路、伊予、隠岐、筑紫、秋津島……。この国の大八洲のすべてを。

イザナキ神と　イザナミ神が

あめわたつみに　櫂差し入れて
こをろ　こをろと　掻きなしたまへば

またしばらく考え、はた、と気がついた。われらはイザナキ、イザナミではない。ミヅハワケとハナか。さすれば、ここはあの世だろうか。吾は菩岐々美と共死にしたのだろうか?

浮きしあぶらの　落ちなづさひて
垂れし潮の　おのづとこりて
あやにかしこし　くしびの島よ

――まあ、よいわ。
ふっと笑った。
暗い穴倉の底ならばゾッとするが、ここはさほど悪うもない。
舟は大海原をゆら、ゆら、と進んでいく。
――そういえば。
南のほうの海人の伝えでは、あの世は地の底ではのうて、海の彼方にあると聞いたことがある。ハナらは奇特《きどく》の力で揺り動かされ、地の底から波のうちへと流れいでたのかもしれぬ。舟に乗って、遠い神の国へ漕ぎ去ったのかもしれぬ。

せいや　よーい　おいや　ほーい
おのごろ島や　淡路の島よ

朝霧のような、濃霧のような中から、朗々たる声が響いてくる。

さあ、わが君様、と、かたわらの妻にいざなわれた。

差し伸べられた手を握り返し、ともに櫂を取った。ゆら、ゆら、と猪のあぶらが浮かんだような水面《みのも》に差し入れ、こをろ、こをろ、と掻き混ぜた。

日出ずるところ磐余の天子

鴫《しぎ》の飛び立つ音がして、気がついたら、目の前に葦《あし》の生い茂った池が広がっている。ざわざわ、さわさわ、葉擦《はず》れとさざなみの音がする。まばゆい茜色《あかねいろ》の朝焼けが水面《みのも》に揺れ、涙が出るほど美しい。

ふと手を求めてきた者があって、見返すと、桃の実のような童《わらべ》がつぶらな瞳でこちらを見上げている。

「あにうえ」

「来目《くめ》」

わが弟、来目皇子《くめのみこ》だ。この子はなぜこんなにかわゆらしいのだろう。

「どうした」

問い返すと、ニコリとえくぼをつくって、池の上のくり舟を指さした。

水主《かこ》が長い櫂《かい》をあやつり、ゆっくりとこちらへ近づいてくる。ほのぼのとあけゆく東雲《しののめ》の向こうに、朝日を背負った山がしずまっている。神奈備《かんなび》の三輪《みわ》のお山だ。右のかたに目をやれば、父王の双槻宮《なみつきのみや》の桜木がらんまんと花咲き、薄紅色の霞《かすみ》がたなびいている。

ここは青垣《あおかき》山ごもれる大和《やまと》の東、磐余《いわれ》の地。満々と水をたたえているのは磐余池だ。まるで絵のごとくうるわしい。

やがて目の前に舳先《へさき》がついた。と思うや、しっかりと手を握っていたはずの弟はいつの間にか舟に乗っていて、小さな身に重かろう甲冑《かっちゅう》をまとい、太刀を佩《は》き、丸木の大弓を舟底についている。

厩戸皇子《うまやどのみこ》はギョッとする。

「来目、来目、なにをしている。危ないから戻っておいで」

けれども愛らしい幼将軍は首を振り、

「いってまいります、あにうえ」

と口許《くちもと》を結ぶ。

勇気りんりん、薄赤く染まった頬が、花吹雪になぶられている。

「さよなら、あにうえ、ごきげんよう」

のぼる朝日に金色に照らされながら、弟はしだいに遠ざかっていく。舟は水面に刃を入れるように、行く手を切り裂いて進む。風に揺れる葦がざわざわ、さわさわ、哀しい音を立てる。

行かせてはならぬ。厩戸はむしょうに弟を引き止めたい。もつれる足で葦の池に足を踏み入れ、

——行くなっ、来目っ。

——だめだ、戻れ！

と、叫んだ。

すると、ふしぎなことに、去りゆく弟はいつしか六尺豊かな青年に変わっており、振り返った顔はぞっとするほど青く、「あにうえ」の、「あ」の字に口を開いたとたん、血《ち》泡《あわ》がごふっ、とあふれ出た。

たくましい四肢が痙攣《けいれん》する。おとがいから喉、首、鎧の胸元まで、むざんな赤に染まる。そうして大弓をついた姿勢のまま、木の人形がとん、と一突きされたかのように、きれいに倒れた。

——くめっ、くめーっ！

絶叫して目が覚めた。

汗だくになって、臥処《ふしど》に起き直った。

夢か……。

茫然《ぼうぜん》として、ひたいを袖口で拭《ぬぐ》った。安堵《あんど》のような、落胆のような、苦い後悔でいっぱいである。両手で顔を覆い、しばらく瞑目《めいもく》した。

起きあがろうとしたら、目の前が急に昏《くら》くなり、ふたたび褥《しとね》へ倒れ込んだ。

さいきんときどき、こんな眩暈《めまい》に襲われる。吾《われ》は疲れているのだろうか。

さっきの弟の苦悶の姿を思い出し、ふたたび顔を両手で覆った。

一・飛鳥の寺司

磨きあげられた金銅《こんどう》の尊顔がやわらかな笑みを浮かべ、翳《かげ》のにおいのする薄闇にしずまっている。頬のたっぷりと豊かな、そのわりには固い感じのする、かつまたからだのわりに奇妙につむりの大きいその像を、厩戸皇子はまじまじと眺めた。ひごろ斑鳩《いかるが》で拝んでいる御仏は、もっとすらりと均衡がとれている。久方ぶりに眺めると、違いがいっそうはっきりする。もいちど首をかしげて見つめ、その中に自分が師事した高句麗《こうくり》僧のおもかげを重ねた。

その僧は慧慈《えじ》といい、いまから二十五年ほど前、海を越えてやってきて、創建間もないこの飛鳥寺《あすかでら》に二十年とどまった。厩戸が仏の道に魅せられたのは、彼の薫陶《くんとう》を受けたことが大きい。

慧慈と親交を持っていたころは、この寺へもなにかにつけて顔を出したのだが、帰国してのちは、すっかり足が遠のいている。

だしぬけに、

「皇子、ようおいでくださいました」

声をかけられた。

振り返ると、墨染《すみぞめ》の痩軀《そうく》が神妙にこうべを垂れている。

「お、善徳《ぜんとこ》殿か」

そり上げた襟足が青くすがすがしい。

「はっ」

ますます深く叩頭《こうとう》した。

「そのようにかしこまらぬでもよい」

すう、と顔があがった。瞳が静かに澄んでいる。嶋大臣《しまのおおみ》蘇我馬子《そがのうまこ》の長男である。

「小僧においでを知らされて、馳《は》せつけてまいりました」

ごく控え目なものごしと地味なつくりのせいで、学生《がくしょう》に間違えられることすらあるが、寺司《てらのつかさ》という、歴《れき》とした高位である。僧職の一種であるけれど、吏僚《りりょう》と言ったほうが近い。飛鳥寺は蘇我氏の仏教政策上枢要な寺だから、廟堂《びょうどう》との連携をつかさどるその役に、馬子は以心伝心のわが子を据えたのだ。

しかし、この男がいかなる生まれで、いずこで育ったのか知る者はいない。母の名も知られていない。いつの間にかどこからかやってきて、気がついたら寺の風景に溶け込んでいた。謎めいた人物である。

が、厩戸はこの寺司がきらいでない。親しいわけでもないけれど、なんとなく似た者同士の気がして、ちらちら眺めてきた。権勢並びなき大臣の子でありながら、横柄なところは少しもない。いつも恬淡《てんたん》として風に吹かれている。

「尊顔を拝むのも久しぶりだ。ずいぶん無沙汰《ぶさた》をした」

もう一度大仏に礼拝《らいはい》した。

善徳はいえいえと、首を振る。

「致し方がござりませぬ。慧慈様もすでにおられませぬゆえ」

白い歯を見せた。

「うむ」

「して皇子、ほんじつは？」

見返した目と目が合った。そのままじっと見つめられた。

「畏《おそ》れながら、お顔のお色が少々冴《さ》えぬような。なにかご心配でもござりましょうか」

厩戸はうなずいた。

「じつは昨晩、いやな夢を見ての」

「ほう」

「来目が出てきた」

ああ──と、対手《あいて》は眉根を寄せた。

「さようでござりましたか」

一を聞いて十を知るような男である。厩戸は説明する前から、おのれの言いたいことを呑《の》み込んでもらった気がした。

「まことにおかわゆらしい、潑剌《はつらつ》とした皇子であられた」

「うん」

「もう幾年《いくとせ》になりましょう」

「十八年だ」

「そんなになりまするか」

きれいに通った鼻筋の下で、小さなため息の音がした。

「むごいことでござりまする。可惜《あたら》お若いお命を」

厩戸皇子もこくりとした。

「童のあれと手をつないで磐余池の端《はた》に立っておった。そのうちに、ものものしい鎧《よろい》をまとうて、舟に乗って、あにうえごきげんよう、と旅立っていった。あれがなにかを訴えて出てきたのではないかと思ったら、いてもたってもおられぬようになって、斑鳩から馬駆ってきた。夢とおんなじ場所おんなじ刻限に、見送りにきてやらねばすまなかった。そしたら、ちょうど間にあった。三輪のお山のねきから日がのぼるところであった。とても美しゅうて、とても悲しい眺めであった」

「なるほど」

善徳は見えぬ景色を見るように目を細めた。

「皇子のおん父君の双槻宮はすでにございませぬなれど、磐余池は昔と変わらずございます。あの絹糸のような葦の風情《ふぜい》は、どこにでもあるようで、なかなかあるものではございませぬ。よき位置から眺めますと、やわらかな三輪のお山が映ります。声音《こわね》のうるわしい水鳥がたくさん集います。そうして、なによりもふしぎなことに、さして大きな池でもありませぬのに、ときに大海のように感じられます。朝焼けの刻限などは水面が茜色に照り映えて、神々《こうごう》しいほどにございます」

相手がおのれの意を汲《く》んでくれたことが、厩戸はうれしかった。

「ああ、昨夜の夢もそんなだった。その海を、来目は渡っていった」

善徳は、またねんごろに首肯《しゅこう》した。

しかし、舟の上で血を吐いて倒れた——とまでは、厩戸は言わなかった。

厩戸皇子の父のタチバナノトヨヒ（用明《ようめい》）が、磐余池の端に宮を営んだのはいまから三十数年前、大王《おおきみ》の位についたときだった。厩戸の母で皇后の穴穂部間人皇女《あなほべのはしひとのひめみこ》、厩戸皇子、それから数人の弟たちも、ともに住んだ。当時厩戸は十二、来目は二つだった。

生来虚弱だった父は在位二年にも満たずみまかり、数年後、厩戸は独立してやや南の上宮《かみつみや》に遷《うつ》った。が、母の間人と幼い弟たちはそのまま磐余の宮にとどまった。

厩戸は年の離れた弟たちが好きだった。だから折々に訪《おとの》うた。そのたびに来目は犬の仔《こ》みたいに飛んできて、あにうえ、あにうえ、と腰にまとわりついた。

磐余池に舟を浮かべ、よく遊んだ。月見、花見、紅葉の景も楽しんだ。すなおな来目のまわりには笑い声が絶えなかった。不幸にして二十歳《はたち》で世を去るまで、彼はみなに愛される磐余の貴公子だった。

「故地のあの景色を見たら、慧慈師のことが懐かしゅうなってな。吾はものに悩むたびに、慧慈師の世話になっておった。来目が死んだときも、師の庵《いおり》に邪魔して泣いた。あのときの心持ちが、夢見てそっくりよみがえった。おかしいであろう。このような年になって」

善徳は、首を振った。

「少しもおかしゅうなどござりませぬ。人間とはそういう生き物でござります。琴の糸のように弾《はじ》けば震えるものでござります。なにかの拍子に震えが始まり、止まらぬときもござります。拙僧も長年修行をしておるつもりでござりまするが、そういうことはたびたびござります」

いつくしみ深く笑った。

「お主《しゅう》さま」

背後であどけない声がした。小僧が神妙な顔して白湯《さゆ》を捧げている。

善徳はちら、と見やったのち、客人に視線を戻した。

「皇子、お久しぶりでございます。無粋を申さず一献《いっこん》お持ちいたしましょうか。そのほうが、こんにちの皇子にはよろしいような。と、いうよりも、拙僧かねてより皇子としむかいでお話しさせていただきたいと願《ねご》うておったのです。むしろうれしき機会でございます。お酔いになったら宿坊にお泊りいただけばよろしゅうございます。ぜひ」

熱心に誘われて、厩戸もそんな気分になった。

「では、そうしてみるか」

親しく交わったこともない相手だが、こうして話してみれば、なぜだか他人の気がしない。間近で眺めると、誰かに似ているような気もする。同じ蘇我の血のゆえであろうか。

善徳は命令を待って突っ立っている小僧に「太郎」と呼びかけ、ややうきうきした調子であれ、これ、これ、と酒肴《しゅこう》の指示をした。

それからくるりと向き直り、

「あちらに拙僧の房がございます」

かたわらの尊像にいま一度手を合わせると、こう、おいでませ、と腰低く先に立った。

＊

盃《さかずき》があくたびに、細く長い指がちろり、ちろり、と白い酒を満たしてくれる。

「まま、おひとつ」

「うむ」

盃を受けながら、厩戸はあたりを見まわす。おのれの書斎には及ばぬけれど、相当の書物がある。学問好きとみゆる。多くは仏典である。僧侶らしく整理整頓がゆき届いている。落ちつく庵だ。

「さすがだな。主だった経はみな揃《そろ》うているようにお見受けする」

興味しんしんで、目についた一巻を「よいか？」と、ひもといた。維摩経《ゆいまきよう》のごく古い写しだった。しばし眺め入ったのち、もろい絹本《けんぽん》が損なわれぬよう、そっと元に戻した。

善徳はいえいえ、と恐縮した。

「経集めなどに血道をあげるのはむしろ生臭坊主《なまぐさ》の証《あかし》でございます。ほんらい優れた僧というのは、そのような好事《こうず》よりも、人の心の救済ということを第一義に考えるでありましょう」

謙虚とやんちゃが半々のような顔をした。

「吾も同じだ。わがままのための精進」

まさに同感である。

厩戸皇子は、板戸の撥《は》ねあがった窓から外を眺めた。

中庭の桜が吹雪になって散りはじめている。やわらかな弥生《やよい》の風である。昨夜の夢でも、こんなふうに花びらが舞っていた。

「もう、花も終わりだ」

「さようでござりまするな」

しばし沈黙して、散る花の行方を追った。

「どうぞ、あがられませ」

目を返すと、善徳はきちんと姿勢を正して酒器を構えている。整ったたまみえの中に、また懐かしいものを見た。本音を言うてもよい相手のような気がした。

「吾はまつりごとはきらいだ」

多少唐突に、乱暴な言葉が滑り出た。

相手は少しも驚かなかった。

「わかります。そのようにお見受けしております」

「そうか」

「皇子らしゅうてよろしいと思います」

「よろしゅうもない」

球を打ち返した。

「きらいだから、遠ざかっておる。すると、かえって生々しきことに巻き込まれてしまう。いやいや、巻き込まれるなどは、おのれ勝手な言い草であろう。吾がきろうて避けるから、思わぬ犠牲をまわりに及ぼしてしまう——と、言うたが正しい」

対手は黙って耳を傾けている。

「来目は——」

話さぬつもりだったことを話しはじめていた。そういう気にさせるなにかを、物静かな寺司は持っていた。

「吾のせいで死んだ」

「そのようなことを——」

少し長い間《ま》ができた。

「世間虚仮《せけんこけ》、唯仏是真《ゆいぶつぜしん》」

慧慈から教わった言葉である。ほんらいは、しょせんこの世など——とか、御仏の世界にしか真《まこと》はない——とか、そんな浅い意味ではない。けれどもあまのじゃくな厩戸はわざとそういう意味で使ってみたりする。

善徳はおだやかなまなざしを崩さず、「どうぞ」と、また酒器を示した。

「おっしゃりたいこと、ようわかります」

とく、とく、と盃を満たしてくれながら、「ままならぬものでござります。皇子が虚無で言うておられるのでないこと、ようわかります」

にこりとした。

ほんとに一を聞いて十を知る男じゃ、と思った。

＊

——まつりごとはきらいだ。

厩戸皇子は言い放つ。けれども最初からそんなふうに斜《はす》に構えていたわけではない。少年のころには、ふつうに世の頂《いただき》をめざす意志もあったし、力に対する憧れもあった。豊かに富める国をつくりたいという熱情も並々ならず持っていた。

そのおさない望みを打ち砕いたのは、父王タチバナノトヨヒが逝《い》ったのちの、熾烈《しれつ》な王位継承争いだった。闘争の主導者は嶋大臣蘇我馬子だった。

勢力の拡大をめざす馬子は、邪魔な大王候補の穴穂部皇子《あなほべのみこ》をまずほふり、続いて穴穂部を擁していた最大の政敵、物部氏《もののべ》にいくさを挑んだ。

大臣馬子はふだんはもっさりとして、むしろ陽気な性《しょう》であるが、これと標的を定めると、恐るべく容赦がない。厩戸は当時十四歳で、蘇我方の旗印の一つとして初陣を飾った。

名うての軍事氏族である物部は、なかなか落ちなかった。頭領守屋《とうりょうもりや》の統率が巧みで、防禦《ぼうぎょ》も鉄壁に近く、さすがの馬子も攻めあぐねた。けれども知略と謀略において、馬子は守屋より優れていた。間者《かんじや》を放って守屋の側近を抱き込み、女色を使って籠絡《ろうらく》した。敵の結束はしだいにぐずぐずに緩んでいった。

最初のうちはある種の美しさに満ちていたいくさも、時を経るにつれてゆがんだ色に染まっていった。そのいやらしさが、若い厩戸の理想を萎《な》えさせた。

いよいよ断末魔となった敵の砦《とりで》を取り囲んだとき、厩戸皇子は城将の息の根を止めよう馬子からうながされた。将はすでに簀巻《すまき》のごとく捕縛されており、命を奪うのは造作もなかった。けれども相手の気魄《きはく》に気圧《けお》された。将は断固として降伏せず、燃ゆる眼《まなこ》を剝《む》き、命乞いもしなかった。

餓死寸前まで痩せさらばえたその男は、別の見方からすれば高潔な敵だった。けれどもだからこそ、生かしてはおけないのだった。

「さあ皇子、とどめをさしたまえ！　これは儀式であります」

厩戸皇子はぶるぶる震えた。再三再四叱咤《しつた》された末、目をつむって枯木のような相手の首に太刀を振りおろした。

びしゃっ、と生あたたかい返り血が顔にかかった。

「おみごと！」

どっと鬨《とき》の声があがるのを、厩戸皇子は薄れていく意識の中で聞いた。

穴穂部皇子と物部氏が消えたのち、馬子は穴穂部皇子の弟の泊瀬部皇子《はつせべのみこ》を位に就けた。

ハツセべの大王（崇峻《すしゅん》）である。けれども馬子はこの新しい王をだいじにしなかった。泊瀬部はもともと愚鈍な皇子だった。馬子はていのよい傀儡《かいらい》としか思っていなかった。ところが、彼は大王となったとたん自己主張を始め、馬子の言いなりになるのを拒んだ。ことあるごとに異議を唱え、独断でまずい施策を強行した。馬子にとっては予想外のなりゆきであった。手を打たねばならなかった。かくして容赦のない排除の企てが、五年ののちにふたたび決行された。

その人を確実に亡き者にするため、手の込んだ宴が催された。遠国《とつくに》の珍《めずら》かな民を集め、山海の珍味や美しい布、宝飾品などを貢納させた。選《え》り抜きの美女をはべらせ、酒をじゃんじゃんすすめた。歌舞《かぶ》音曲《おんぎよく》を華やかに披露し、無礼講《ぶれいこう》の雰囲気をつくった。そうして、みなが酔いしれ、宴たけなわになったところで、下僕を装っていた刺客《しかく》に襲わせた。油断しきっていた大王は急所を一突きされ、あっけなく死んだ。

大王暗殺のたくらみは、周囲の豪族、王族、みな納得ずくであった。だから前代未聞の凶事であるのに誰一人騒がなかった。

大王の死骸は殯《もがり》ももたれず埋められ、殺害の罪は刺客をつとめた東　漢　直駒《やまとのあやのあたいこま》一人が負わされた。むざんな暗殺劇は、彼一人を極刑に処すことで、すみやかに落着した。

次なる大王位には、馬子と気脈を通じた女帝のカシキヤヒメ（推古《すいこ》）がついた。二人はぴったりと息を合わせ、いよいよ本格的に彼らの時代の幕開けとなった。

まつりごととはこういうものか――と、厩戸皇子は激しい嫌悪を覚えた。かつて美しく思い描いていた戴冠《たいかん》の情景は、まっ黒に塗りつぶされた。たれが大王になどなるものか。心の中で毒づいた。

しかし、だからといって、厩戸が生き馬の目を抜く大叔父、馬子のことを憎悪したかといえば、それも違った。たしかに馬子のやりようは過激であった。が、結果として現れたものは、あながち間違っていなかった。大王と群臣の秩序、廟堂のあり方、治世のかたち。世の中はむしろ以前より落ち着いた。

まつりごととはこういうものか――と、厩戸皇子はまた思った。ならばよい、自分にも考えがある。醒《さ》めた頭で決心した。

この国の頂点に立った女の大王と世俗の大臣は、自分らに欠けたるものとして、本物の知性を求めていた。厩戸皇子は強く協力を請われた。

厩戸は毅然《きぜん》として思った。

――では、知恵だけは貸してやろう。

自分とて、理想はある。万民《おおみたから》のために治天下《じてんか》の範はどうあるべきか、人を裁く法はどうあるべきか、みなが協調していくためにはなにが必要か。けれどもそこまでだ。まつりごとは実施されるとき捻《ね》じ曲げられ、汚される。だから、そこから先にはかかわらぬ。

施策の提案もしてみよう。法令の案もつくってみよう。けれどもそこまでだ。はんぶん世捨て人の気分になり、家族からも距離を置いた。孤独を愛する厩戸は、かねてから磐余の宮の南の別邸でしばしば起き伏ししていたが、いよいよそちらを正式な宮とした。そこに「上宮」という名をつけたのは、ちょっとした矜持《きょうじ》であったかもしれない。その後いまの斑鳩宮に遷るまで、淡然としてそこに住まった。

まつりごとから遠ざかった身の支えとなったのは、仏教だった。ふとした拍子におのれが首を刎《は》ねた物部の将や、墓穴に放り込まれたハッセベの大王の亡霊がよみがえった。それらから逃れるためにも、法《のり》の教えが必要だった。折しも高句麗からやってきた慧慈がよき友となった。師と語りあうときだけが、ほんのりと心楽しかった。

ふいにあたたかな風が吹いて、桜の花びらが窓からはら、はら、と舞い込んだ。

「世間虚仮、唯仏是真」

また、同じ言葉をつぶやいた。

*

酒器を手にした寺司が、やわらかな眼《まなこ》をもって、もっとお話しくださいと訴える。

厩戸皇子は袍《ほう》の袖を組み、こくりとうなずいた。

「御坊《ごぼう》も知っておろう。国事の枢要は国の内のことのみでない。国の外のこともある。韓土《かんど》の三国、その向こうのさらなる大国。為政者は内政と外交、その二つながらを考えねばならぬ。代々《よよ》の大王を悩ませてきた問題だ」

善徳が慎み深く応じる。

「さようありましょう。外交のことは国家の大事。拙僧などには想像もつかぬご心労があるやにお察しいたします」

ままおひとつ、と酒器を差し出した。

厩戸がなみなみと受ける。

「とくに難儀なのは新羅《しらぎ》だ。幾百年《いくももとせ》の昔から、彼らとはことごとに火花を散らしてきた。一種の宿縁《すくえん》であろう」

あいたほうの手が、いつの間にかあごひげにのびている。熱中したときのくせである。

「同感でござります」

「一方、百済《くだら》とは、親しゅうやってきた。高句麗とも、必ずしも悪うない。またなによりも、かつて韓土にはわが同胞の邦《ほう》の任那《みまな》があった。大陸の進んだ文物はほとんど百済、任那を通して、われらがもとへ伝わってきた。うるわしき仏教もそうである。が、新羅はそれを妨げようとする。小競り合いから猛烈な攻防まで、何度争いになったかわからぬ。その果てに、彼らは任那を奪った」

「はい」

たいせつな拠点を失ったことに切歯扼腕《せつしやくわん》したのは、大王よりも、むしろ宰相《さいしょう》の馬子だった。この国の実質支配者を自負する彼は、おのが沽券《こけん》にかけても、名誉を回復せねばならぬと念じた。ものすごい執念を燃やして、故地奪回の軍事遠征を企てた。いまから二十年ほど前のことである。

「そして、わが弟の悲劇となった」

厩戸は一気に盃をあけた。

善徳は黙って耳を傾けている。

馬子の叫ぶ号令に対し、厩戸はいつものように容喙《ようかい》せずを決め込んだ。が、ことは思いがけない方向に進んだ。作戦について喧々囂々《けんけんごうごう》の議論が続けられるなかで、厩戸の母の間人太后が、来目皇子をこそ将軍にしたまえと馬子に進言したのである。

馬子はようこそ言うてくださった、と狂喜した。大きないくさの将軍には、軍事氏族が立つよりも、大王や皇子が親征というかたちで立つほうが、格段に士気が上がるのだ。あっという間に、話は本決まりになった。制止するいとまもなかった。来目は撃新羅将軍というものものしいものにまつりあげられた。

「母はカシキヤヒメの叔母上にえらく対抗意識を抱いておられてのう。来目を危険な役目に差し出したのは、そのゆえであった」

苦々しく眉をひそめた。

間人太后《はしひとたいこう》とカシキヤヒメの大王は、同じアメクニオシハルキヒロニハの大王（欽明《きんめい》）を父とする異腹の姉妹である。母はともに蘇我稲目《いなめ》の娘で、カシキヤヒメの母は堅塩媛《きたしひめ》、間人の母は小姉君《おあねのきみ》という。馬子の姉たちだ。馬子からすれば、もともとはカシキヤヒメも間人皇后も同じく近しい姪であった。

その均衡が、あるとき崩れた。それは、タチバナノトヨヒ大王の崩御後の、骨肉の争いである。馬子は間人の同腹の兄の穴穂部皇子とハッセベの大王と対立し、彼らを二人ながらほふった。そして、カシキヤヒメと手を組んだ。すなわち、小姉君の子たちを排除し、堅塩媛の子たちを優遇する恰好《かっこう》になったわけである。

間人はあせった。かつて夫タチバナノトヨヒが存命だったころは、叔父は自分に強く目をかけてくれた。なのに、しだいにかれがれになった。いまは厄介払いでもするかのように、新しい夫、田目皇子《ためのみこ》まであてがわれている。対して、叔父とカシキヤヒメとの仲は濃密になる一方だ。このままでは自分は用なしとして捨てられてしまうかもしれない。この劣勢をくつがえすには、そうとうの主張をする必要がある——。

そんななかで、新羅遠征のことが発表された。それは、間人には馬子との蜜月を取り戻す絶好の機会のように思われた。長男の厩戸は拗《す》ね者で頼み甲斐がないが、二男の来目は素直でたくましい。自分の言いつけを忠実に聞くだろう。遠征将軍にぴったりだ。

来目は十八。カシキヤヒメにもほぼ同齢の皇子たちがいる。このまま座しておれば、次期の王位は彼らのほうに行くだろう。けれども、もしここで来目が成功すれば、好機はこちらへめぐってくるかもしれぬ。

一挙に点を取り返そうとする熱情が、間人を暴走させた。

翌年、来目皇子は万の兵を擁し、西海《さいかい》へ旅立っていった。

厩戸皇子のもとに別れの挨拶にきた来目は、驚くほど美しかった。すでにすっかり成人していたが、光り輝く冑《かぶと》の下に、昔と変わらぬ童顔があった。つぶらな瞳をきらめかせ、「行ってまいります、兄上」と、ういういしい頰にえくぼを刻んだ。

すでに決まった流れであった。厩戸は黙って送り出すしかなかった。

来目の軍からは、無事を告げる使者がこまめにやってきた。

「兄上、いよいよ浪速《なみはや》の渡りから船出いたしまする」

「兄上、いま、吉備《きび》の国の高島宮《たかしまのみや》です」

「兄上、いま、安芸《あき》の国の多祁理宮《たけりのみや》におります」

「兄上、ほんじつ筑紫《つくし》の岡田宮《おかだのみや》に着きました」

不自由な旅空の下であろうに、来目は泣き言はぜんぜん言わなかった。使者に託された口上はいつも溌剌としていて、聞いていると、雄大なわたの原や、水主《かこ》たちの舟唄や櫓拍子《ろびょうし》、土地の人びととの歓待の様子までもが伝わってきた。

厩戸はしだいに、弟はなんとか無事に役目を果たしおおすのではないか——と楽観しはじめた。

けれども、幸福なその予想ははずれた。元気な便りを絶えずよこしていた来目皇子は、翌年、筑紫の陣中で唐突に逝ったのである。

不審な死であった。地元の豪族から遠征の成功を祈願する海の幸が差し入れされた。それを食した直後、来目は悪心《おしん》を発し、血反吐《ちへど》を吐いて倒れた。あとでよくよく調べたら、そのような名の豪族は土地には存在しなかった。陣中に紛れ込んでいた新羅人に毒殺されたらしかった。

来目皇子の二十年の人生は、かくして終わった。

「吾のせいで、あれは死んだ」

厩戸皇子はふたたび苦々しくつぶやいた。

善徳は首を強く横に振った。

新羅憎しの馬子の執念は、尊い命の犠牲をみても消えなかった。

間人太后もさすがに二人目の子は差し出さなかったが、亡き夫の他のきささきを仲間に引き入れ、その子の当麻皇子《たぎまのみこ》を後継の将軍として送り込んだ。間人はなにがなんでもカシキヤヒメに対抗したかったのである。

厩戸皇子は眉をひそめた。冗談ではない。これ以上だいじな弟を失うわけにいかない。

知恵を絞り、当麻の妻が急死したことにして、出征を中止させた。

とはいえ、大臣馬子の大計画に横槍を入れた以上は、代案を示さねばならなかった。むしろ、おのれの誇りと意地にかけて、馬子を唸《うな》らせる献策をせねばならなかった。

思案の末に、これぞ——、の妙案を思いついた。

「つらつらおもんみるに、ものごとは大所高所に立って眺めねばならぬ。われらが真に望むものは韓土三国とのちまちました和平ではない。めざすのはその後ろの大国隋《ずい》との盛んな交流だ。かの地より伝わった仏の教えでは、この天が下、国にも人にも上下はない、優劣もない、対等である。よってわれらは臆さず媚《こ》びず、堂々とかの国に親書を送り、よろしく交誼を結びたい」

ひるむ馬子を尻目に、「吾が隋の皇帝あての手紙を書く」と宣言した。

それからしばらく、厩戸は取り憑《つ》かれたように文机《ふづくえ》に張りついた。のち、心をぐっと定め、かく大書した。

「日出《ひい》ずる処《ところ》の天子より、日没《ひぼつ》する処の天子へ」

大上段に構えた文言を危惧《きぐ》する声もあがったが、厩戸は退《ひ》かなかった。

じつはそれより七年前、馬子は独断で隋におそまつな使節を送り、国家の威信を下げる失態をおかしていた。厩戸のこのたびの試みは、その汚名を返上する意味も含まれていた。

使者には、おのれの眼鏡にかなった俊英、小野妹子《おののいもこ》を推薦した。
隋の皇帝は恐れを知らぬ島国の書に一瞬不興をもよおしたが、かえって見どころあり
として好意的に受け止めた。
やがてかの国から返礼の使が訪れ、大王カシキヤヒメと大臣馬子は大いに面目《めんもく》をほど
こした。群臣はさすがは厩戸皇子じゃ、無用ないくさに命を散らすことなくすんだと
口々に褒め讃《たた》えた。
このたち外交は順調に動きはじめ、一種虎の威を借る狐のかたちで、韓土三国との均
衡も保たれる運びとなったのである。
「——と、いうようなことだ」
小さなほほえみとともに、厩戸皇子は言い切った。
「さようでござりましたか」
善徳の青みを帯びた瞳が、哀憐《あいれん》を含んで光った。
「吾は、まつりごとはきらいだ」
厩戸はもう一度声に出して言った。

二・オキナガタラシヒメ

ぱあん、ぱあん、かあん、ぱあん……。

イヤー、ハッ、ハッ、ハアーッ……。

おだやかな弥生の風に乗って、先刻から蹴鞠《けまり》らしい歓声が響いている。ときおりワッと弾けるように笑声が挟まれる。飛鳥寺の庭には王族や豪族の子弟がしばしば集まる。うらうらの日和《ひより》にいざなわれて、遊びに興じているのだろう。

厩戸皇子は寺の小僧を呼びつけ、馬子の屋形にいる龍《りゅう》へ使いにやろうとしている。が、小僧は表の様子に気が散って、口上が頭に入らぬらしい。

ぱあん、ぱあん、かあん、ぱあん……。

イヤー、ハッ、ハッ、ハアーッ……。

「小僧、蹴鞠が好きなのか」

厩戸皇子がひやかした。小僧は恥じらって頰をまっ赤に染めた。

「よいよい」

では、と、持ち物の中から反故《ほご》を捜し出し、さらさらと用件を書いた。

「これを嶋の屋形におる船龍に渡せ。よいか、史《ふひと》のふねのりゅう、だぞ」

小さな尻をぽん、と叩《たた》いた。

「蹴鞠を見物したのちでよい。行け」

小僧はうれしそうに破顔して、勢いよく表へ走り出ていった。

酒肴を取り分けていた善徳《ぜんとこ》が、心配げに尋ねた。

「皇子、お仕事でございましょうか。お引き留めしてご迷惑をおかけいたしましたか」

皿には芋茎《いもがら》を炊いたのと、ノビルと、干蛸《ほしだこ》が盛られている。

厩戸皇子はいや、と袖を振った。

「案ぜられるな。よう使《つこ》うておる史が馬子の大臣《おおおみ》のところにおるはずだから、明朝、斑鳩にひきあげるとき、伴《ともの》うていきたいと思うただけだ」

「さようでございますか」

ならば安心、とにこ、とした。

どうぞ――、と新しい酒をすすめてくれる。厩戸皇子は遠慮なく受ける。

「その史らとともに、吾はさいきん、ちと込みいった件に取り組んでおってな」

「ほう、どのような？　お尋ねしてよろしければ」

善徳がもの問いたげな顔をした。

しずかな僧だが、あんがい好奇心が旺盛だ。

厩戸は「国史じゃ」と、返した。べつに隠すことでもない。

「おお、それはまた」

目の前の瞳が輝いた。

「知らぬかよ。そなたの父の発案であるぞ。ちょうど一年になる」

「拙僧、父とは実務以外の話はほとんどいたしませぬゆえ」

「そうか」

「相当の人数《にんず》をかけておいでなのですか」

肴《さかな》の皿をつ、つ、と膝元にすすめてくれる。

「史を五人ほどかかな。とくによう使っておるのは、いま使いを出した船龍だ。百済人である。知りあいか」

「船の……龍殿」

善徳はしばし思案した。

「あの丸顔の、色白の、ちっとばかりお太りじしの方でござりましょうか。すこうし八重歯の目立つ、ほがらかな。おそらく拙僧と同じお年くらいの」

厩戸皇子は言われた形容をまぶたに描いた。

「それだ。間違いない」

「さようで」

笑いあった。

「吾がしょっちゅう呼び出すゆえ、月の半分くらいは斑鳩におる。が、ふだんは嶋の屋形の編纂室《へんさんしつ》だ。おそらくいまも民から話を聞いておるであろう。最初はこちらから各地を訪ねてまわっておったのだが、さいきんは噂《うわさ》が広まったのか、みずから一族のいわれを語りにくる者も増えた」

皿から干蛸をつまみ、ぱくりと口に放り込んだ。

「一族のいわれ……」

とたん、ゆらっ、と相手からいままでとは違う関心が立ちのぼるのがわかった。

「いかがされた」

こちらを見つめる瞳が熱を帯びている。

「皇子、そのお仕事のお話、もうちとくわしう伺《うかご》うてもよろしいでしょうか」

厩戸皇子は、うむ——と応じた。

「そもそも国史とはなんであるか。要するに、国がいかにして生まれ、こんにちまでいかなる道を歩んできたかという履歴である」

「はい」

「そのうちでも肝要なのは、創始の部分だと、吾は思うておる。この天《あめ》の下《した》に種子《たね》のようなものが蒔《ま》かれ、芽が出、やがて、最初の王が登場する。このへんをいかに芳《かんば》しう描くか」

「はい」

「正直、四苦八苦しておる」

相手は熟《じっ》と聞き入っている。

「目下の調べでは、われらが大王家でもっともさかのぼりうる大王《おおきみ》は、ミマキイリヒコの大王（崇神《すじん》）というて、三輪山のふもとの磯城《しき》のあたりに宮を持たれておったらしい。では、それより前はどうなのか。この王とて木の股からお生まれになったはずはない。父君、母君がおったはずだ。そのまた父君、母君もおられたはずだ。だが、わからぬ。わからぬからというて捨て置くわけにもいかぬ。わからぬのならばつくらねばならぬ。それが国史の編纂だ」

「なるほど、なるほど」

「それから、これは大きな声では言えぬなれど――」

厩戸は声音をしぼり、唇の前でひとさし指を立てるようにした。

「ミマキの大王からいまのカシキヤヒメの大王まで、幾星霜《いくせいそう》が移ったのか見当もつかぬが、位はそのかん、順当に相伝されてきたわけではない。ありていに言うて、大王家の血脈はときどき絶えたか、あるいはときどき非常に薄くなっておる」

善徳の瞳がますます熱を帯びた。

「それは、うかと口にできぬことですな」

「うん。わが王統は連綿として一筋でなければならぬ。というよりも、国史の中では、まことよりもっと太く、長く、神代《かみよ》までさかのぼる系譜をつくりあげねばならぬ」

「興味深《ぶこ》うございます」

厩戸はこくりとした。

「吾はいま、天上に八百万《やおよろず》の神々の世界があって、そこからわが大王家の祖たる、日の神様の子が降りてきた——と、いうような物語を描きたいと思うておる」

「おお、ますますおもしろうございます」

「しかし、言うは易く、行うは難しでな。天と地とをつなぐ壮大な物語を描くためには、まだまだ苦労せねばならぬようだ。先は長い」

鼻に皺《しわ》をよせ、ニッとした。

「なるほど、そういうお仕事でございましたか」

善徳はなにやら思案の顔で沈黙した。それから、おもむろに居ずまいを正し、「皇子」と謹直な声を出した。

「拙僧も、ちと聞いていただきとうなりました」

厩戸皇子は、お——、と相手を見直した。

「なにか話題をお持ちか」

「ございます」

ごくまじめな瞳が、二つ並んでいる。

「不肖《ふしょう》この善徳、わが身のよってきたるところに興味がございまして、暇にまかせて調べたことがあるのです。長らく忘れておりましたが、こんにち皇子にお目にかかり、いまのお話を伺うて、思い出しました。

それは、皇子の弟君の来目様のこと、海の向こうへのおん旅のこと、それから、うるわしい磐余のこと……、などなどにも、なにがしか連絡しておるかもしれません」

――来目のこと？

――磐余のこと？

こんどは厩戸のほうが、膝を乗り出した。

「それは、ぜひとも願いたい」

いままでつぐ一方であった相手に、初めておのれの盃を差し出した。

「御坊もおひとついかれよ」

善徳は一瞬ためらい、では、一杯だけ――と受け取った。

果物の汁でも飲むようにさらりとあけ、おかげさまで口が滑らかになりました、と一礼した。

「皇子もご存じであられましょう。蘇我の祖先は葛城《かずらき》でございます。この大和の西のかた、葛城山の裾あたりに住まっておった者たちが、われらのおおもとでございます」

「そのとおりだ。吾にもその血が流れておる」

視線がからみあった。

「かつて、その長《おさ》にソツヒコという者がおりました。葛城一族はすでに滅びましたが、いまもわずかにゆかりの者が残り、細々と祖先の伝えをしております」

「ソツヒコの長か——」

いにしえの伝承にあたっていると、しばしば出会う名である。ますます興味がわいた。

「葛城の山中《やまなか》にひそまっておる杣人《そまびと》の翁《おきな》より聞いた話にございます。多少なりとも皇子のお仕事のお役に立てば幸いでございます」

善徳がにこ、とした。端正な頬にうっすらとえくぼができた。

笑った顔が、また誰かに似ているような気がした。

＊

いつの御代《みよ》のことなるかわかりませぬが、いずれ遠い昔でございます。

国乱れ、いくさがうち続き、大和の大王家がひどく衰えたときがあったのです。ご負傷にてかやまいにてか大王はみまかられ、お子様もなく、これといった兄弟もなく、めぼしき後継の方がたれもおられなくなってしまった。皇子が先ほど仰せられた、大王家の危機というのが、ここにあたるのかもしれませぬ。

そんなとき、一人の皇子が注目を浴びました。おん名をタラシナカツヒコ様（仲哀《ちゅうあい》）と申しあげ、河内《かわち》の国にお住まいでありました。大和の大王家から少し枝分かれして、近江《おうみ》の息長《おきなが》氏にゆかり深いおん方であったとか。ゆえに血こそ遠いのですが、お姿美しく、お心清廉《せいれん》で、おつむりも明晰《めいせき》。なかなかすばらしい皇子であられたのです。お国の行く末を憂えた河内の首長らはこの皇子のもとに集い、新たなる大王に立てようといたしました。

けれども、そのためには旧来の大和の豪族の合意も得なければなりません。ナカツヒコの皇子が新しい統治者としていかにふさわしいか、証《あかし》立てる必要があります。河内の首長らは額を寄せあいました。そうして、異国の文化の力を借りようと考えました。なんとなれば、河内は難波《なにわ》の湊《みなと》からわたつうみにつながっております。いにしえより、この海を往来して、先進の文物がたくさん入ってまいりました。ものだけではありませぬ。人も渡ってまいりました。ナカツヒコの皇子が立てる新しい王朝が海の向こうと積極的にかかわりを持てば、祖国はもっと栄えるでありましょう。そのためには、皇子みずからが親征して、海彼《かいひ》の国々と誼《よしみ》を結ぶのがよいと考えたのです。

首長らはさらに思案しました。ナカツヒコの皇子はすぐれたおん方ですが、おからだの線が細く、勇猛さにおいてはやや頼りのうございました。永《なが》の船路もご経験がありませぬ。遠征を首尾よう終わらせるためにはよほど手練《てだれ》の者を補佐におつけせねばならぬ――。

かくしてこの人と目されたのが、大和の西南に勢力を持っておった葛城一族の首長、ソツヒコ殿であったのです。

皇子もご存じであられましょうが、葛城の地は、山一つ越えれば河内へ抜け、南の紀《き》の川《かわ》からは紀の湊につながる交通の要衝です。長は多数の海人《あま》を配下に従え、西国の豪族にも影響力を持っておりました。これほどの適任はないと思われました。

首長たちはソツヒコの長を訪ね、交渉いたしました。長のほうも機を見るに敏《さと》いお人でありましたから、倭国《やまと》の先行きを思いやり、彼らと結ぶことにしたのです。

このとき、同盟の証として、葛城一族の中から一人の女人《にょにん》が皇子のおきさき様に選ばれました。オキナガタラシヒメ様（神功皇后《じんぐう》）と申しあげます。母のタカヌカヒメ様は神様の力を感知するすぐれた巫女《みこ》様であったといい、その血を引いて、オキナガタラシヒメ様も幼少のころより異能を発揮されておったそうです。

ヒメの父御は近江の息長氏じゃと申しまして、これまたナカツヒコの皇子と縁深《ふこ》うございます。皇子もよろこんで、ヒメを奥方様になさったのでござります。

その後、遠征のことがあれこれ話しあわれ、ヒメが航海神である住吉《すみよし》の神様に吉凶のお伺いを立てることになりました。ソツヒコの長が審神者《さにわ》をつとめました。そうしましたら、神様はヒメにお取り憑きになり、かくのたまいました。

「西へ西へ進みたまえ。かの地には金《こがね》や銀《しろがね》、またくさぐさの珍かな宝がある。これを持ち帰れば、大王の名声はいやまし、国はますます豊かに富み栄えるであろう。われはこのヒメの身に宿りしてそなたらの大願成就を見守ろう。ヒメを遠征に同道させなさい」

たれもが危険な旅に女子《おなご》をともなうことを案じました。しかも、ヒメはまもなく懐妊なさいました。ますます心配です。けれどもヒメはもともとお健やかなたちで、頑丈という点においては皇子にまさるくらいでございました。ご自身も皇子をお援《たす》けすることを強く望まれ、ともに海原に乗り出すことになったのです。

かくして、歴戦の猛者《もさ》のソツヒコの長と守護女神のオキナガタラシヒメ様に両側を守られるかたちで、ナカツヒコの皇子の行軍が始まったのです。

けれども、皇子にとってそれは、想像以上に過酷な旅でありました。

いまでも水軍を組織するのは難儀ですが、当時はもっとむつかしうございました。駐営する湊で土地土地の首長を口説き、船や兵を徴発しながら進むのです。一路に目的地をめざすよりも、ずっと日数《ひかず》がかかります。吹雪や嵐によって海が荒れることもたびたびございます。船というのは板子《いたご》一枚下は地獄と申しまして、よほど水練に長《た》け、海になじんだ者でもなければ、堪えがたいものでございます。ましてやあまりお丈夫でない皇子のことです。ようよう西の果て筑紫にたどりついたときには、どっと病みついてしまわれました。

おからだが弱ればお志も萎え、早《はよ》う故郷へ帰りたい――、そればかり考えるようになります。この先さらに海を越えて韓土へ渡るなどとんでもない、と皇子は駄々をこねるようになりました。

ソツヒコの長は、めざすところはもうじきである、ここまで来て初志を貫徹せぬでは意味がありませぬとお励まししたのですが、いったんいやじゃと思いはじめたら、とことんいやになるものらしい。頑として首を縦にふってくださりませぬ。

困ったソツヒコの長はオキナガタラシヒメ様と話しあい、ふたたび住吉の神様にお伺いすることになさいました。

仮宮であった香椎宮《かしいのみや》のかたわらに神様をお寄せする社《やしろ》をこしらえ、ソツヒコの長が審神者となり、皇子には琴を弾く役目をつとめていただき、神様のおいでを待ったのです。

そうしましたら、果たして神様がヒメの上に降《くだ》られました。神様は以前と同じことを、さらに情熱的にお命じになりました。

「西へ西へ進みたまえ。かの地には金や銀、またくさぐさの珍かな宝がある。これを持ち帰れば、大王の名声はいやまし、国はますます富み栄えるであろう。ひるまずさらに船を進めたまえ」

このお言葉に、ナカツヒコの皇子は不満を感じられました。琴を身からはずし、社を出て海の彼方を眺めにいかれました。そして、ふたたび戻られるや、こう抗《あらが》われたのです。

「改めて海を見てまいりましたが、そんなよいもののある土地は、どこにも見当たりませんでした。我は行きとうありません」

神様は、たいへんお怒りになりました。

「この倭国は、なんじのような小心者が治めるべき国ではない。なんじは一人別の道を行け！」

なんということでありましょう。

審神者のソツヒコの長は恐懼《きょうく》して、神様にいまひとたびご託宣をくださるようお願いしました。そして皇子に向かい、もう一度琴を奏でるようねんごろにうながしました。

けれども、その音は二度と鳴らなかったのです。

ソツヒコの長は最初、気弱なあるじがすねておられるのだと思いました。「お早うなさいませ」と、声をかけました。それでも鳴りません。おかしいと思いました。厩戸皇子はご存じでありましょうか。神様をお迎えする社は窓をもうけませんので、暗闇なのです。

長はよもや、と思い、灯りをともしました。すると、ナカツヒコの皇子は床に伏していました。すでにこと切れていたのです。恐ろしいことでござります。神様の仰せのとおり、お一人で黄泉《よみ》の国への道を歩まれてしまったのです。

ソツヒコの長はわななき、神様に問いました。

「かくなるうえは、われわれはいかがすべきでありましょう」

神様がお答えになりました。

「案ずることはない。およそこの倭国は、そこなるヒメの腹の中にいます赤子《あかご》が統《す》べたもう国である。その赤子はわが子である。いや、われのみの子ではない。この乾坤《あめつち》にいます神々みなの赤子である。心して育《はぐく》みたてまつれ。

なんじ、この国土の平安と繁栄を願うならば、天、地、海、山、川のすべての神々に御幣《みてぐら》たてまつり、わが御魂《みたま》を船の上にたてまつり、真木《まき》の灰を海に撒きながら西へ進みたまえ。そうして、事業《ことわざ》をなし終えたのちは、日の出《い》ずるかた、東へ東へ勇ましく進みたまえ。そうして東の極み大和の国へ入り、おごそかに大王の位に就きたまえ」

ソツヒコの長とヒメは神様の仰せに勇気りんりんとなり、皇子を失った悲しみを乗り越えて韓土へ渡ったのです。

神の子を腹に宿し、八百万の神々のご加護を得たヒメは光り輝くように美しく、威厳があり、接見した異国の王たちはみな魅了されました。かくして、たくさんの王や首長と友誼《ゆうぎ》をむすぶことができたのでございます。

韓土から壱岐《いき》、対馬《つしま》と渡ってふたたび筑紫に戻ったところで、ヒメは産気づき、玉のような皇子を生み落とされました。これが、のちのホムダワケの大王（応神《おうじん》）でござります。いま河内の恵賀《えが》に、父君のタラシナカツヒコの皇子とともに大きな墳墓《みさんざい》がございます。あの大王にございいます。

ヒメとソツヒコの長のもとには、同道して倭国へ渡りたいという韓土の人びとが続々と集ってまいりました。そのうちには学者や儒者、造船や建築の技術者、武具、馬具、鍛冶《かじ》、酒造の職人などなど、数々の知恵者が含まれておりました。旅路で出会《でお》うて忠誠を誓ってきた西国の首長もございました。それら金銀にも勝る土産を抱いて、ヒメたちは来たときとは反対に、東へ、東へとさかのぼっていったのです。筑紫から、穴門《あなと》、周防《すおう》、安芸、吉備へと波を切り、わたつうみを埋めるみごとな船団となって、日出ずるひむがしの大和をめざして進んでいったのです。

むろん、旅路は幸いばかりではございませんでした。危難もありました。亡くなったタラシナカツヒコの皇子には別のおきさき様がお生みになった皇子たちがおられ、いろんな手を使って襲うてきたのです。

しかし、怒濤《どとう》の勢いを持ったヒメたちには、もはや敵ではありませんでした。ソツヒコの長が獅子奮迅《ししふんじん》の働きでヒメと赤様をお守りしましたし、旅の途次で加わった水軍の長たちも、よう知恵を出しました。海上では小さな喪舟《もふね》をつくって赤様はすでに亡くなられたと偽装し、難波の湊に着きましたのちは武勇の者たちが団結し、敵をさんざんに追い散らしたのです。

かくして抗う者を平らげたヒメは、嬰児《みどりご》のホムダワケ様を抱き、ソツヒコの長を後ろに従え、みなみなの祝福を得ながら大和へお入りになりました。そして、磐余の地を選び、宮を築かれたのです。磐余若桜宮《いわれのわかざくらのみや》という、すがすがしき御名《みな》であったと伝わります。

ホムダワケ様から始まる幾代かの大王は、葛城一族、また河内の首長たちと親しく縁《えにし》を結び、韓土の国々のみならず、宋《そう》の国ともかかわりを持って富み栄えたそうでございます。

それから、最後にもう一つ、肝心のことを申しあげたいと思います。磐余のことでございます。皇子も格別の想いを持っておられる磐余のことでござります。

ホムダワケの皇子を抱いて凱旋なさったオキナガタラシヒメ様は、なぜに磐余に宮を営まれたのでしょう。朝日の射しのぼる東の極みは、必ずしも磐余ばかりではありませぬ。なぜでありましょう。

それにつきましては、拙僧、葛城の翁からこういうふうに聞いております。

大和へ入られたオキナガタラシヒメ様は、ソツヒコの長とともに、みたび守護神たる住吉の神様にお伺いを立てられたのだそうです。われとわが子がこの国を統べるのにふさわしき土地はいずこでありましょうや――。

そうしましたら、神様はお答えになったそうです。倭国の大王は、日の出ずる処に住まうべきである。加えて、海と山とをともに抱ける処に住まうべきである。よって磐余に宮をなしたまえ、と。

そのとき拙僧、その意を解《げ》せなんだのです。なぜ、朝日と海と山とをともに抱ける地が磐余なのか。

けれども、その後朝日の射しのぼる刻限にかの地を訪れてみて、得心いたしました。今朝ほど皇子とお話ししたときも、そのこと、申しあげました。かの地に立ちますと、朝日が三輪のお山の端《は》から射しのぼります。目の前の池が茜色の朝焼けに輝きます。葦がさわさわと騒ぎます。鳥たちが遥《はる》かに鳴きわたります。その景は、まさに難波の海を彷彿《ほうふつ》させるのです。

大和はうるわしき国ですが、水辺がありませぬ。そのなかで唯一、朝日と海と山とをあわせて感じることのできる地が、磐余なのではございますまいか。倭国の別名を、葦《あし》原《はら》の中《なか》つ国と申すそうにございます。拙僧、磐余の地に立ちますと、この葦原の中つ国という言葉を思い出すのです。

以上が、飛鳥寺の寺司善徳の、つまらぬ話にございます。

ちなみに葛城の翁によりますと、この同じ話、一度だけ、飛鳥の蘇我の姫に請われて語ったことがあるそうでございます。拙僧、今日の今日まで気にもとめておりませなんだ。が、もしかしたら、その姫とは、皇子のおん母君の間人太后《はしひとたいこう》様ではありますまいかと──、ふと思いました。間人様は、母の小姉君《おあねのきみ》様とともに、飛鳥でお育ちになりました。

長々と脈絡のない語りを聞いていただき、まことにありがとうございました。

三・磐余の聖母子

しっかりとつないでいる弟の手がぶるぶる震えている。

「あにうえ、こわいよ」

見返すと、つぶらな瞳が涙でいっぱいになって、唇をへの字に結んでこちらを見上げている。

厩戸皇子は、「だいじない、だいじない」とうなずき返し、ふたたび目の前の扉の隙間に目をつけた。

あ、あ……。

うう……、はっ……。

薄闇の奥に異様な激しさで悶えくるっている巫女がいる。開きっぱなしの唇から発される声は、神の言葉なのか、苦痛の喘《あえ》ぎなのか、ただの唸りなのかわからない。まとっている衣ははだけ、身をうねらせるたびに大きな乳房が軟体動物のように上下に揺れる。

首からさがっている勾玉《まがたま》の首飾りが、二つの隆起に絡んでカタカタ、カンカン、硬い音を立てる。その半裸の胴のところに、狂乱の巫女を制しようとするのか、それとも後ろから組みついて揺すりあげているのか、籠手《こて》をつけた武人の腕が絡みついている。二つのからだが揺れるたびに、巫女の長い髪が、大麻《おおぬさ》を振るように、上下、左右、に乱れ舞う。

よくよく目を凝らせば、激しい動きを続けている二人の向こうにもう一人、動かぬ人が横たわっている。さらに目を凝らすと、なにか細長いものを胸に抱いている。なんだろう。ああ、楽器だ、琴だ。

——そうか。

厩戸皇子は、ハッと悟る。

狂おしく悶えるこの巫女は、オキナガタラシヒメだ。後ろから組みついている甲冑の武人は、葛城の長のソツヒコだ。向こうの闇の中で動かなくなっているのは、神の怒りに触れて死んだタラシナカツヒコの皇子だ。

と——、その瞬間、後ろからやわらかい手に目隠しされた。

「みこ」

ギョッとした。

「みこは、なにも見ていませんね?」

うんうん、と痙攣するように合図する。

すっと目隠しの手がはずされた。振り仰ぐと、美しい女官が嫣然《えんぜん》と目を細めている。

「巫女様はいま、尊い神様をお迎えしておられます。おつとめをお邪魔してはなりませぬ。さあ、お二人ともあちらでみな様といっしょにお出ましを待ちましょう」

肩をうながされて弟とともに踵《きびす》を返すと、そこはどこぞの湊で、果てなくまばゆいわたの原に軍船がびっしりと浮かんでいる。水際には兵士が並び、みな黙って一点を注視している。いまおのれが覗いていた社の扉である。

女官に導かれ、人びとの合間にしつらえられた土壇《どだん》にかしこまっていたら、にわかにざわめきが起こり、板戸が開いた。

出てきたのは、先ほどの白衣の巫女で、腕にむくむくと肥えた嬰児を抱いている。その後ろにたくましい武人が寄り添っている。二人は揃って赤子を覗《のぞ》き込み、いかにもいとおしげに赤い果実のような頰を撫でた。

――新王の誕生だ。

――聖母子だ。

周囲からいっせいに、歓喜の渦が湧き起こる。

おおおお……。

うわああ……。

厩戸皇子も弟と目をあわせてほほえみ、ふたたび巫女と武人に目を戻し――、腰が抜けそうになった。

――母上！

赤ん坊を抱いた白衣の巫女は、間人皇后だった。

――大臣《おおおみ》！

後ろに寄り添っている武人は、蘇我馬子だった。

どうして？

混乱する目の先で、赤子を抱いた二人がなにか耳打ちしあった。と思うや、射るようなまなざしでこちらを見た。母の赤い唇がぱっくりと開かれた。

――うまやど。

飛び起きた。

頭を振り、左右を見渡した。

ここは？　どこだ。

拉致《らち》されてきたような心持ちであたりを見極め、ほっと息をついた。飛鳥寺だ。そうだ、そうだった。こんにち吾は寺司の善徳とずっと語りあっておったのだ。そうして酒を飲みすぎて、眠ってしまったのだ。

いま、なんどきだろう。

小隅《こすみ》に一つ、灯りがともり、先ほどの小僧が柱に凭《もた》れて眠っている。

乱れた髷《まげ》を撫でつけながら、いまの奇妙な夢を思った。善徳にあんな話を聞いたからだ、と苦く笑った。

その次の瞬間、

——ん？

——いまの夢……！

何十年も心の中にわだかまっていたことの答えが、いきなり出た。

——そうか。

淡い光に照らされた童の寝顔を見、死んだわが弟のことを思った。

それから、わが父母《かぞいろ》を思い、わが身のことを思い、寝床にばたりと伏した。

＊

衣を頭から引きかずき、目を閉じた。

まぶたの闇の中に映じるのは、幼少期を過ごした軽《かる》の宮である。目の先に父タチバナノトヨヒの病床がある。父はいつもどこかを病んでいた。そうでないときでも、書見をするか、窓から表の草花を眺めるか、そんな程度の活動しかしなかった。訪《おとな》う人もごく少なく、静かすぎて淋しいほどの明け暮れだった。

そんな父に比して、母間人は躍動的だった。そして、おのれが生い育った土地にとりわけ愛着を持っていた。

「厩戸、いらっしゃい」

月に一度は母に連れられ、飛鳥へ行った。そこには馬子の屋形、奥方や子らの屋形、また馬子が庇護している皇子や皇女の住まいなどが点在し、蘇我の一大聚楽《じゆらく》とでもいうべきものができあがっていた。嶋庄《しまのしよう》の馬子の屋形は、自分らの軽の宮よりよほど豪奢だった。

飛鳥に出かけるとき、母はいつもとびきりたんねんに化粧し、とっておきの衣裳《いしよう》や宝飾で着飾った。色白で瞳が大きく、豊満な美女の母は、実際よりもずっと若くみえた。子の自分ですら、ぽうっと見とれることがあった。

念入りなおつくりが終わると、母は父の病床のかたわらに手をついた。

「厩戸がことのほか嶋大臣をお慕いしておりますので、ご機嫌伺いに行ってまいります」

いつも同じ挨拶だった。吾が行きたいわけではない、と厩戸は内心思ったが、そう説明すべき理由《わけ》があるのだろうと推量し、訂正もしなかった。

父はそのたびに鷹揚《おうよう》に目を細め、

「そうか、大臣によろしゅう」

と、答えた。

厩戸は大臣馬子がきらいではなかった。馬子は太っ腹で優しく、会えばいつも「おお、まいられたか」と、大仰《おおぎょう》によろこび、頭を撫《な》でてくれた。

「皇子はことのほか賢うあられる」とか、「ご出世のあかつきにはこの馬子めを使ってくだされのう」とか、歯の浮くようなお世辞も盛んに言った。けれども陽性だから不快にも思わず、おもしろく聞いていた。

それに、叔父のご機嫌伺いに行くという母の名目に違《たが》い、飛鳥を訪れても、馬子には毎回会うわけではなかった。というよりも、飛鳥へ到着すると母はいつもいずこかへ消え、厩戸は一人で遊ばされたのである。

「母はご用がありますから、そなたはよい子にして待っておいで」

毎度それであった。

でも、侍女や小間使いたちがかくれんぼうや鬼ごっこなぞをして存分にかまってくれたから、母の不在は気にならなかった。

そんな牧歌的な飛鳥訪問が、にわかに違う様相を帯びたのは、十歳の春だった。

いつものようにかくれんぼうをしていたら、花畑の向こうの棟の前に、母付きの三人の侍女がいるのが見えた。美しい花が咲いていていて、花輪をつくるのに夢中になっているらしい。母上はあの家の中におられるのだ、と思った。

なんの疑問もなく近づいていった。侍女たちは花摘みに夢中で気がつかない。彼女らの遊びを邪魔すまいという配慮で声をかけず、そっと棟に歩み寄った。門をくぐり、板戸に手をかけ――、びくっとした。

ほんの少し開いている隙間《すきま》の奥から、おかしな声が聞こえた。

あ、あ……。

うう……、はっ……。

哀願するような、すすり泣くような。いや、小さな悲鳴のような。

ドクン、ドクンと胸が高鳴った。本能的に、見てはいけないものだと思った。しかし、そう思ったら逆に我慢できなくなった。

細い隙間に目を押し当てた。

板床に敷かれた褥《しとね》の上に、母が横たわっていた。髻がほどけ、まっ黒な髪が水底の藻のように揺れ動いていた。

その乱れた藻のあいだから、しとどの汗に光るひたいと、苦悶するようなまみえがのぞいてみえた。細い首がいやいやするように振られている。

乳よりもまっ白な両腕が顔の両脇にかかげられ、毛深い二本の手に力任せに押さえつけられていた。見覚えのある手だった。「おお、まいられたか」と、頭を撫でてくれる人のそれだった。

そのうちに、母のおとがいのところがひときわ大きくのけぞり、閉じられていたまぶたが開いた。そして、虚脱したようにこちらを見た——、と思った瞬間、ふわりと後ろから目隠しされた。

「みこ」

喉から心臓が飛び出しそうになった。

「みこは、なにも見ていませんね？」

痙攣したようにあごをうん、うん、と動かした。

するりと目隠しがはずされた。振り仰いだら、美しい女官だった。きれいに紅の塗られた唇がほほえんだ。

「おん母君はいま、だいじなお方のおもてなしをしておられます。おつとめをお邪魔してはなりませぬ。さあ、あちらでお出ましを待ちましょう」

その場を離れ、侍女たちと花輪をつくった。

半時ののちに母が現れ、にっこりした。

「厩戸、さあ、帰りましょう」

来たときと寸分たがわず美々《びび》しく装っており、毫《ごう》も乱れたところはなかった。厩戸はなにも言わず、編みあげた花輪を母に捧げた。

その後もなにもなかったように飛鳥通いは続けられた。翌年、弟の来目が生まれた。厩戸のあと、十年も生まれなかった弟の誕生であった。

母は驚喜した。夫の病弱ゆえに、母はなかなか子を授からなかったのである。それまでにも懐妊したことはあったが、死産に終わったということだった。以来ずっと子を熱望していたのである。

それからどんな勢いがついたのか、母は翌年また孕《はら》み、殖栗皇子《えぐりのみこ》を生んだ。

皇子のたて続けの誕生とともに、静かだった父の身辺も急ににぎやかになった。大臣蘇我馬子がそれまであまり目立たなかった父を優遇し、次期大王《おおきみ》候補として強く推しはじめたのだ。そうして厩戸十二歳、来目二歳のとき、父が位についた。タチバナノトヨヒ大王（用明）の誕生だった。

母のよろこびはこのうえなかった。

大臣馬子もまた、その襲位を盛大にことほいだ。父タチバナノトヨヒはアメクニオシハルキヒロニハの大王（欽明）に嫁した蘇我堅塩媛《きたしひめ》が生んだ皇子である。蘇我一族はその襲位によって初めて、正真正銘大王家の外戚となった。晴れがましさは一通りでなかったに違いない。

馬子は父にひとしきり賀詞《がし》を述べたのち、新しい宮の話題を切り出した。この国の大王家では、位が替わるたびに新しく宮を築くしきたりである。馬子はかしこまって、父に選地の望みを尋ねた。

そのときのことを、厩戸はよく覚えている。

馬子がその質問をするなり、母の間人が、すっ、と夫に寄り添い、

「わたくしは、磐余に住みとうござります」

と、言ったのだ。腕の中に幼な子の来目をしっかりと抱いて。美しいまみえを毅然とひきしめて。

父は黙っており、馬子に再度訊《き》かれると、「きさきがかように望んでおるゆえ、それで頼む」と、言を揃えた。

かくして宮は磐余に築かれた。うるわしい朝日の射しのぼるお山と、難波の海を偲《しの》ばせる池とをともに擁する場所に。

――わたくしは、磐余に住みとうござります。

母はなぜかの地を望んだのか。

そのときは、わからなかった。けれども、いまはわかる。こんにち善徳の話を聞いてわかった。葛城の杣人の翁がオキナガタラシヒメのいわれを教えたという蘇我の姫。それは善徳が推測したとおり、間違いなく母だ。

磐余の聖母子。

母と来目。

強大な宰相に援けられて華咲いた、妖艶な皇后だ。

母は日出ずる処の天子の宮に、赤子を抱いて乗り込んだのだ。オキナガタラシヒメとホムダワケの皇子に、おのれらをなぞらえて。

しかし、母の描いた夢は、あんがい果敢《はか》なく終わった。大臣馬子の愛情は、じきおのれの異母姉、カシキヤヒメのほうに移っていったから。

そして、来目の悲劇が招かれた。

——いってまいります、あにうえ。

美しい葦の池の端で、来目が手を振っている。のぼる朝日に照らされ、冑の下の頬が金色に輝いている。桜の花びらが、はらはら、はらはら、散りかかる。

——さよなら、あにうえ、ごきげんよう。

そのときすうっと、空気が動き、

「これ、太郎」

善徳の声がした。

「居眠りなどして、いかぬではないか。交代させよう。来よ」

「あい」

小僧が出てゆき、ふたたび静寂が満ちた。

——世間虚仮《せけんこけ》、唯仏是真《ゆいぶつぜしん》。

人の世に信じられることなどないわ。

小さく笑った。

けれど、それが人の世というものである。

闇の中で寝返りを打った。

四・もう一人の弟

ホー、ホケキョ、と鶯《うぐいす》が鳴いた。

柔らかな春の日差しである。

手水《ちょうず》を使いに出たとたん、昨日の小僧がぺこりと伏した。

「皇子様、船史《ふねのふひと》様がおみえでございます」

「そうか」

太郎という名だったな、と思いながらみちびかれていくと、龍が湯漬けを食しながら善徳と談笑している。

「龍、来たか」

「おお、皇子」

龍はあわてて円座《わろうだ》をはずした。

「いま参上したところでござります」

善徳が小僧の太郎に「厩戸様にも朝食をおもちせよ」と命じる。「お菜《さい》はセリとナズナでよろしうござりまするか」と訊く。「ワラビもござります」などとつけ加える。

「寺でありまするので、ごちそうもござりませぬ」

「十分じゃ」

厩戸皇子は相手の心づくしに感謝する。

龍のほうを見やると、もの言いたげに小鼻をぴくぴくさせている。なんとなく噴き出したい思いで「なんだ」と水を向けると、待ってましたとばかりに無邪気な八重歯を見せた。

「皇子、昨日はかなり、よい聞き取りができました」

「さようか」

厩戸皇子は善徳に「例の国史の件じゃ」と断ってから、「話してみよ」と龍をうながした。

龍は右の手を出し、一つ、二つ、と指を上げ、

「熊野《くまの》と、宇陀《うだ》の語り部から話を聞きました。それから、それがしは直接応対しておりませぬが、他の史が吉野《よしの》と忍坂《おさか》の翁からも」

四本の指を顔の前に示し、おのがあるじと寺司とを交互に見た。

「趣旨はだいたい同じです。西のかたから日の御子《みこ》様の軍勢がやってきた。王城の地大和をめざしておられた。が、敵にはばまれたり、襲われたりしてなかなか進めない。それを自分らの祖先がお助けして、無事目的を果たすことができた。これをもって、自分らはいまに至るまで大王《おおきみ》家から手厚い加護を受けておる——と、そのような話でございます」

厩戸皇子はすかさず問うた。

「それはいかなる御代の話か。その日の御子様というはたれだ」

龍が八の字の困り眉になった。

「それでございます。それこそ肝要なのでござりまするが、みな、わからぬと申すのです。ただ、百代《ももよ》の昔だとか、光るひのみこ様である、としか申しません」

肩をすくめた。

厩戸はもう一つ追いかぶせた。

「その軍勢はどこから来たと申したか。西とはどこだ」

龍はまた肩をすくめた。

「それもわかりませぬ。なれど、それがしの感触では、思うよりもずっと近い地域、たとえば河内とか津国《つのくに》のようなところではなかろうかと感じました。なぜと訊かれますとお答えしにくいのですが、言葉の感じとか、語る内容の規模などから、そのように推察いたしました」

「そうか」

厩戸皇子はしばし黙考した。

その後ろから小僧の太郎が現れ、湯気の立った碗をそっと据えた。

＊

ぱあん、ぱあん、かあん、ぱあん……。
イヤー、ハッ、ハッ、ハアーッ……。
また表で蹴鞠が始まっている。
龍が耳をそばだて、ほう、楽しそうですな、とつぶやいた。
厩戸皇子は、「こちらにもおもしろい話があるぞ」と返した。
「お、どのような」
龍が興味しんしんの顔をする。
厩戸は善徳のほうをちら、と示し、「これなる寺司殿から聞いた話じゃ」と断った。
「その昔、この倭国《やまと》のまつりごとが乱れ、大和の大王家が絶えかけているときがあった
そうな。その折、河内のさる皇子ときさきの巫女と武勇の臣とが協力して海の向こうへ

遠征に出かけた。長旅の中で皇子は死んでしもうたが、きさきは健在で、臣とともに遠征を成し、優れた文物を持ち帰った。きさきは神の子を懐妊しておって、帰国して身二つとなった。彼らは東へ東へ凱旋し、刃向かう敵を平らげ、最終的に大和の磐余で王座に就いた——と、そんな話じゃ」

「なるほど、なるほど、壮大な旅路でござりまするな」

龍が感服したように、あいづちを打つ。

「旅先で亡くなられた皇子様というのは、どなた様でござりましょうや」

「タラシナカツヒコの皇子とおっしゃる」

「巫女様と武勇の臣というのは？」

「葛城の姫様のオキナガタラシヒメと、葛城の長のソツヒコ殿だ。ヒメのお生みになった赤様はホムダワケの大王じゃ」

「ほおー」

タラシナカツヒコの皇子とホムダワケの大王は、おのれらの河内の里の近くにりっぱな墳墓《みさんざい》があるから、なじみがある。オキナガタラシヒメという巫女様のことは知らない。葛城のソツヒコの長の名はときどき耳にする。

わたつうみの遠征か。おもしろい。

しかし、宮の地が、ちとひっかかった。

——磐余？

「たしか、皇子のおん父上の宮は磐余ではありませなんだか。双槻宮《なみつきのみや》、でございましたっけ」

わがあるじを仰いだ。

「そうじゃ。磐余は美しい土地だ。大王の中の大王が住まう地だ」

厩戸皇子は夢見るように応じた。

そう答えたとたん、心の中に一つ、明らかな情景が像を結んだ。

持ちあげかけていた湯漬けの碗《わん》を、そのまま、とん、と膝元に置いた。

「決めた」

二人の同席者がいっせいに注目した。

「なにを、でございます」

龍が問うた。

「この国の最初の大王の物語さ」

「ぜひ、伺いとうございます」

善徳が食いつくように応じた。

厩戸皇子はあごひげをしごきながら、二人の聴衆を順々に見た。

「こうだ」

指先で床の上にざっくりと西、東の地理を描きながら説明した。

「天上の日の神の子が降臨する地は、西の果ての筑紫だ。神の子はあまたの富を擁し、あまたの家臣を引き連れ、大いなる船団を率い、朝日のさしのぼる東へ、東へ、向かっていく。そして難波の津に至りつく。

上陸すると敵が待ち受けておる。命を狙われる。そこで、熊野、吉野、宇陀なぞを迂《う》回《かい》し、艱難辛苦《かんなんしんく》の果てに大和に入る。しかるのち、威風堂々と、わが邦初代の大王となる。

宮をいとなむ地は磐余だ。なぜならば、そこは日の出ずる処であり、かつ、海と山とをともに擁する、天子のためのうるわしい土地であるからだ」

一息に語り切った。

「すばらしいではございませんか」

寺司が即座に賞賛した。

「そうか」

厩戸は目を細めた。

史が無邪気に尋ねる。

「巫女様が赤様を抱いてお戻りになって……というくだりは省いてよろしいので？」

「それは創世神話でなく、のちの世の別話とすればよいさ」

一昨晩の夢以来、鬱鬱としていた気分が、いつの間にか晴れていた。

明るい窓のほうを仰いだ。

――来目。

西へ、西へと向かわせて、そのまま終わらせてしまった人生だ。そのままにしておくまいぞ。吾がつくる物語の中で、日の出ずる東のかたに、勇ましく凱旋させてやる。

桃の実のような童顔が、まぶたの裏側でにこりとした。のぼる朝日で産毛《うぶげ》が金色に輝いた。まろい頰にくっきりとえくぼが刻まれた。

厩戸皇子はポンと膝を打ち、立ちあがった。

「さて善徳殿、世話になった。ひきあげる」

そして、そうじゃ、とふたたび光のほうを仰いだ。

「その大王の名も決めた」

「ほほう！」

龍と善徳が同時に目を輝かせた。

「なんと申しあげますので？」

厩戸はいっそうあごひげをもてあそんだ。

「カムヤマトイハレビコ様（神武《じんむ》）だ」

ニッとした。

二人の聞き手は顔を見合わせ、

「カム、ヤマト」

「イハレ、ビコ」

音を切りながら、半分ずつ、復唱した。

一呼吸ののち、弾けるように声を揃えた。

「よき御名でござりまする」

＊

ぽく、ぽく、と歩ませている駒の上に、桜の花びらが散りかかる。

龍はあるじの顔をちらりと見、どう、と手綱《たづな》を引いた。

「皇子、ちと失礼いたします、おぐしにお花が」

「そうか」

手を伸ばしてはら、はら、と花びらを落とした。

そのまま、きゅっと首をかしげた。

「なんじゃ」

「皇子、ほんじつは寺の小者にきちんとおぐしを結うてもろうたでしょう」

「うん」

「よき男ぶりにござります」

「つねによき男じゃ」

ぷっ、ぷっ、と噴き出しあった。

龍がまた、「皇子」と言った。

「なんじゃ」

「飛鳥寺のあの寺司様は、皇子によう似ておられまするなあ。ほっそりとして、おきれいな。やっぱり、おん血がお近きせいでござりましょうか」

――え……。

何気ない一言が、厩戸の心の中にあった曇りを吹き払った。

――ああ。

――そうか。

こんにちはよう憑き物が落ちる。

軽やかな衝撃のようなもので、胸がいっぱいになった。

どうして気がつかなかったのだろう。蘇我善徳。大臣《おおおみ》馬子の子。いつの間にか、どこからかやってきて、気がついたら飛鳥寺の風景に溶け込んでいた。あの男――。

わが母は吾が幼いときから飛鳥へ通うていた。そうして、死産したこともあったのだ。

昨日の夢を思い出した。

巫女と武人の妖しい情事を、社《やしろ》の扉の隙間から覗き見した。あのとき手をつないでいた弟。来目の誕生をいっしょに見た、もう一人の弟。

ふしぎに懐かしい感じのするほほえみが、脳裏によみがえった。

――吾はまつりごとはきらいだ。

――わかります。

わかります、とあの男は言うた。わかるか。わかるよな。

「皇子、どうなさいました」

われに返った。

無邪気な丸顔が、こちらを見つめている。

「いや、なんでもない」

どう、とふたたび馬を進めかけ、後ろを振り返った。

桜の花びらの混じった風が吹いている。ぱあん、ぱあん、かあん、ぱあん……と、蹴鞠の音がする。飛鳥寺の甍《いらか》よりも高く、一つ、白い鞠が上がるのが見えた。

葛城の高木の神

ごおおっ……、ごおおっ……。

阿修羅《あしゆら》の怒りのような劫火《ごうか》が、目の先いちめんを、猛烈な紅蓮《ぐれん》の色に染めあげている。

どおおっ……、どおおっ……。

周囲を取りまく軍勢の、怒号と喚声と干戈《かんか》の響きが耳をつんざく。

灼熱《しやくねつ》の風が吹き寄せる。無数の炎の舌が、尖《とが》った大樹の頂《いただき》を舐《な》めるように這《は》いまわる。火焔《かえん》の轟音《ごうおん》に混じり、ひいぃぃー、ぎゃあぁぁー、と断末魔の叫びが聞こえる。ほむらの中から、ぼろぼろの人影が次々とまろび出てくる。大きいの、小さいの、よろぼうもの、這いつくばっているもの……。翁《おきな》、嫗《おうな》、童《わらべ》、赤子《あかご》を抱いた母親などもまじっているらしい。熱さに耐えかね、地面を転げまわるもののもいる。肉と脂がはぜるにおいが、黒く、むごく、立ちこめる。

——これは……、なんだ？

——里をまるごと焼き討ちか？

厩戸皇子《うまやどのみこ》は信じられぬ思いで、惨《さん》たる光景を見つめる。

だが、奇妙な心持ちである。

阿鼻叫喚《あびきょうかん》の地獄を目の当《ま》たりにしながら、おのれはふわり、ふわり、と暗い宙に浮いている。肉体から抜けだした魂のようだ。いや、熱風に舞う燃え殻《がら》のような。

――いずれの国の山中《やまなか》だろう。

右、左、と、こうべをめぐらす。ずらりと並んだ兵たちは青い色のいくさ装束をまとっており、そのまん中に小山のごとき将が佇立《ちょりつ》している。あれが攻め手の大将か。やはり青い衣の上に、異様にぎらぎら光る、甲虫《こうちゅう》に似た甲冑《かっちゅう》をつけている。手にした槍には、三日月を砥《と》ぎあげたような穂先がついている。頭一つ抜きんでた体軀《たいく》は、獰猛《どうもう》な熊みたいだ。

――あれは、たれ？

凝視した瞬間、その将がひときわ高く、三日月の槍を頭上にかざした。

「全軍、とどめを刺せ！」

輝く穂先が振りおろされた。

メリメリッ、ミシミシッ！　と、倒壊の音が森をどよもし、旋風とともに目の前の炎が左右に割れた。

――あっ！

いままで樹木と見えていたギザギザの頂は、樹木ではなかった。それは鋭く尖った塔であり、屋敷の甍《いらか》であり、高殿《たかどの》であり、穀倉であった。ここは山中の村などではない。

寺か？　王宮？　まさか、飛鳥《あすか》？

メリメリッ、ミシミシッ！　パァンッ、パァンッ！

ふたたび倒壊音が耳をつんざき、激しく火花が炸裂《さくれつ》した。そして、閃光《せんこう》に眩《くら》んだ目の中に、もっと恐ろしいものが映った。

黒焦げの骨組みのみ残った屋形に、猪の死骸のようなものがずらりとぶら下がっている。いや、猪ではない。梁《はり》にぶら下がって縊《くび》れている丸焼けの人間だ。

恐怖に凍りついたとき、ふたたび破裂音がとどろき、見渡すかぎり、津波のような猛火に包まれた。

退《ひ》けっ、退けっ、退けえええっ、と、甲冑の将が槍を振りまわす。ばちばち、ごうごう、火の粉が砕け、夜空に舞いあがる。

熱い……。熱い……。吾《われ》も逃げなければ。

けれども、魂が縛りつけられたようで、身動きがならぬ。

退けっ、退けえええっ。

「……み、……こ」

ふと、名前を呼ばれた気がした。

退けえええっ。

「……みこ……」

退けええええっ。

「みこ」

ハッと目が覚めた。

全身汗だくである。耳の底がわんわん鳴っている。

黒い二つの瞳が覗き込んでいる。

「菩岐々美《ほききみ》か……」

ほの白い頬に、小さなえくぼが刻まれた。

頭がガンガンする。割れそうだ。

「やすらかにおやすみなさい、わが君様」

濡《ぬ》れた布が、そっとひたいに当てられた。ひやりと冷たく、快い。

まぶたの裏の劫火が、少しずつ鎮まっていった。

一・盛夏のやまい

槿《むくげ》の花弁の張りも新《あら》たしい朝なのに、すでに耳がしびれるほど蟬《せみ》が鳴いている。あわあわと群れ咲く薄紅の向こうに、目にしみる六月の蒼穹《そうきゅう》が広がっている。

じっとしているだけで汗ばむ暑気であるが、三日続いた熱もおさまり、奇妙にしんとした頭には、その澄明《ちょうめい》さがなんともいえず尊く思える。臥処《ふしど》に脇息《きょうそく》を運び、片身を凭《もた》れかかりながら、小窓の夏空を眺める。

「本日はまた、ことのほかお花が美しう咲いておりまする」

枕辺で扇《おうぎ》の風を送りながら、菩岐々美郎女《いらつめ》がしみじみと言う。

小隅《こすみ》の文机《ふづくえ》に控えていた龍《りゅう》も、つられて同じかたを見やった。

「げにげに。皇子のご恢復《かいふく》をよろこんでおりますような」

「であるか」

厩戸皇子は肯《がえん》じたのち、その目をかたわらの壁に流した。

ほうぼうから届いた見舞いの品が山をなしている。やまいで倒れたことが知れ、あっという間に天井に届かんばかりになったのだ。

厩戸が不調を感じはじめたのは、数月前の桜のころであった。ある日、急に目が眩み、その場にしゃがみ込んだ。激しく息が乱れ、冷や汗が滝のように流れた。しばらくじっとしていたらおさまったが、その後もしばしば同じような眩暈《めまい》に襲われるようになった。そのほかにも、悪心《おしん》がする。吐き気がする。たいして動いておらぬのに、ひどく疲れる。

悪いやまいであろうか？　不穏であった。しかし、わが身もはや四十八だ。この程度はたれにでもあるのかもしれぬ。いたずらに騒いでまわりを脅かすのも本意《ほい》でない。

そのまま秘していたら、三日前、燃ゆるような熱を発した。しかも、折悪しきことにカシキヤヒメの大王《おおきみ》（推古《すいこ》）の賀宴に列座する予定の日であった。いつもなら、少々臥《ふ》せったくらいで噂《うわさ》が広がることはないのに、不例《ふれい》により欠席――と知らせたため、いらぬ宣伝をするはめになったのである。

大王から、さっそく抱えの薬師《くすし》が遣わされた。しかし、原因はわからなかった。高句《こうく》麗人《りびと》の老医はしきりに首をひねり、おそらく過労でありましょうから、安静にしておられませと退《さが》っていった。ほんとにただの疲労なのか。安堵《あんど》半分、しこり半分の心持ちで取り残された。

が、処された薬を服用しておとなしくしていたら小康は得たので、とにもかくにもせいせいして龍を呼びよせ、つれづれの雑談などしつつ、例の国史に関するあれこれを筆記させていたのである。

「では、龍、続きを始めようか」

「はい」

脇息に身を預けたまま、ゆるっと部下に目を送ったとき、がらがらっ、どっ、どっ、と、車輪の響きが宮門のほうで起こった。あわてふためく気配が邸内のあちらこちらに伝わる。

と、思うが早いか、侍童《わらべ》が入口の陰にぴたりと膝をついた。

「申しあげます。飛鳥より嶋大臣《しまのおおおみ》様おこし」

菩岐々美郎女がハッと居ずまいを正し、龍も弾《はじ》かれたようににじり下がった。そこへ、早くも二、三の供まわりを連れた蘇我馬子《そがのうまこ》がのし、のし、と現れた。

「皇子、驚きましたぞ」

よく通る太い声が、病室にこだまする。

「お出ましか」

厩戸は寝床のうちからニッとした。

部屋の密度が一気に上がる。空気がぴりりと張りつめる。

「みな、そう構えるな」

倭国《やまと》一の大臣は下の者たちを磊落《らいらく》に制し、すすめられる前から臥処のかたわらの褥《しとね》にのっ、とあぐらをかいた。大きな尻に隠れ、敷物が一瞬にして消滅する。

「お具合はいかがです」

遠慮なく身を乗り出し、きゃしゃな病人を覗《のぞ》き込んだ。濃いひげに埋もれた鼻の穴から、荒い鼻息が立つ。

「ちと疲れただけです。薬師もそう申しておった。熱も下がった。ご心配をおかけした」

淡々と返礼した。

「うむ――、思ったよりかは、お元気そうであられるか」

毛むくじゃらの顔が破顔した。

笑うと分厚い頬の肉に押しあげられ、目尻が吊《つ》りあがったようになる。対して太い眉は、蕩《とろ》けて八の字に下がる。このやや破綻《はたん》した顔貌《がんぼう》が馬子の特徴であり、こわもての宰《さい》相《しょう》でありながら、ある種の親しみをも感じさせるのである。

大兵《だいひょう》の人はうすものの袖のうちで太い腕を組み、

「我も肝を冷やしましたが、大王がことのほか案じておられますぞ。厩戸は、厩戸は、とそればっかり。ほんじつも様子をねんごろに見てまいれと厳命され申した。大王は皇子贔屓《びいき》であられるからのう」

「さようか」

政事《せいじ》ぎらいの厩戸は飛鳥詣でもろくにせず、不義理である。なのに、大王のほうはなにくれとなくよくしてくれる。

「申し訳なかった」

名代《みょうだい》の大叔父に向かって深く頭を下げた。

馬子はイヤイヤ、とりあえずはご無事で祝着《しゅうちゃく》、と病室を見まわした。そして、見舞いの山に目を留めると、伴ってきた従者にあれ、これ、と指示し、おのれの心づくしをその上にずらずらと追加させた。

「この馬子も死ぬかと思うたことがあり申す。が、このように生き返った。それなのに、我より二まわりもお若い皇子によもやのことがあっては、わざわざ戻ってきた意味がありませぬ。お願いいたしますぞ」

いまから七年ほど前、馬子も執務中に昏倒《こんとう》し、生死の境をさまよったのである。しかも、覚醒したのちしばらく呂律《ろれつ》がまわらず、右側の手足が不如意《ふにょい》になった。周囲の誰もが絶望した。ところが、昼夜を問わぬ祈りがきいたのか、本人の執念がまさったのか、奇跡的に平復した。嶋大臣は不死身である、という伝説が誕生した。

「であったな。大臣には死神も寄りつかぬ」

「なんの、こう見えても蚤《のみ》の心臓でござる。やまいはやはり恐ろしゅうござる」

「わかる」

くすりと笑いあった。

ふいに背後で、チン、リン、と軽やかな音がして、振り返ると侍女が盆にこんもりとした白いものを捧げている。見るも涼しげな削り氷《ひ》だ。

おお——と、馬子が大仰《おおぎょう》によろこんだ。

「利《き》きたるものを。この折から、山海のいかなる珍味よりありがたし」

菩岐々美郎女が、かたわらで目を細める。

「大王からのいただきものでございます。大臣、遠路のお運び、お暑うござりましたろう。ささ、あがられませ」

厩戸の上宮王家《じょうぐうおうけ》でも、馬子のところでも、自領の氷室《ひむろ》はすでに空である。大王家でも残りわずかのはずであるが、甥の大事として、とくべつに配分してくれたのだ。

「せっかくでござります。溶けませぬうちに、お早《はよ》う」

菩岐々美がほがらかにすすめる。

「では、遠慮のう」

馬子は匙《さじ》で泡雪《あわゆき》を大きくすくい、あーん、と頬張った。

「うまい」

削り氷には、とろとろの甘葛《あまずら》がたっぷりかけてある。ぜいたくな涼味である。

「こたえられませぬな」

「それはよろしゅうございました。どうぞ、お代わりなさいませ」

「さようならば」

たてつづけに二杯目にとりかかる。

童のように氷菓に夢中になる大叔父をほほえましく眺めながら、厩戸は「して、大臣」と、呼びかけた。

「いかにも」

馬子は器を手にしたまま、太い首で応じた。

「例の祝賀はいかがであったかな。大王にお祝いを申しあげられなんだのが、厩戸、心残り」

カシキヤヒメにもしばらく会っていない。その機を逸したのは残念であった。

「おお、そうじゃ、肝心のその話」

馬子は甘い削り氷の汁をきれいにすすりあげ、器をかたわらに置いた。

＊

大王カシキヤヒメは盛夏の六月の生まれであり、毎年、王族や臣を招いて宴をもよおすのが恒例となっている。

新年の賀や新嘗《にいなめ》の儀式などとは異なる内輪の行事だが、だからこそおおらかに盛りあがる。この日は無礼講《ぶれいこう》で、御簾《みす》の隔てもないので、主君と親しうなる好機として心待ちにしている者も少なくない。あるいは逆に、この日の大王の態度によっておのれの立ち位置が露呈するとして、一種戦々恐々の思いを抱く者もいる。

「こたびの見ものは、なんであったか」

宴席では大王の目を歓ばせるため、さまざまな芸能がたてまつられる。

馬子は濃いひげをいじくりながら、しばし思案した。

「そうですなあ。おもしろげなものがあまたござりましたが、吉野の国巣《くず》らの珍奇な舞と、尾張《おわり》の海部《あまべ》の網引き歌が勇壮でよろしうござった。石上《いそのかみ》のうたい女の声にも、耳を洗われ申した」

おお、それから――と、ひとさし指を立てた。

「山背大兄《やましろのおおえ》の君のことほぎの詩もご立派であられましたぞ。えっと――、魏《ぎ》の国のなんとかいう賢者が主君を讃《たた》えた詩があって、それになぞらえておつくりになったとか。不肖《ふしょう》馬子はそのへん不案内ゆえうまくお伝えできませぬが、みなみな、しん、として聞き入っておりました」

厩戸は、苦笑した。

「聞き入ったのではなく、白《しら》けたのであろう。あれのことだ、わざとたれにもわからぬような小難しいのを詠んだに違いない」

憎まれ口をきいた。

「いやいや、才気あふれる王子でござる」

馬子が反論する。

「青いやつさ」

「馬子の生き甲斐《がい》でござります」

「では、そういうことにしておくか」

二人して落着させた。

「して、山背の君は、まだ戻られぬので？」

馬子が屋形の奥をなんとなくうかがうようにした。

「うん。飛鳥に居続けであるらしい」

山背大兄王は厩戸の跡取りで、亡き馬子の娘、刀自古郎女《とじこのいらつめ》の忘れ形見である。馬子にとってはかけがえのない孫だ。

父親ほどあまのじゃくでない山背は廟堂《びょうどう》に顔を出すことも苦でないらしく、むしろ積極的に議論の場にも参加している。けれども潔癖な理屈屋だから、ときおり角《かど》を立てる。若さのせいでもあるが、その硬さがあだになって、いつかつまずくのではないかと、厩戸はやや気にしている。

馬子はさらに貴公子を褒め讃える。

「大王も山背の君のお作に感服され、手ずから褒章《ほうび》のお品をお与えになっておられましたぞ。百済《くだら》の国からもたらされた珍しい書物とか」

まあ――、とかたわらで聞いていた菩岐々美郎女が小さく賞賛の声をあげた。そして、

「あの、大臣、ちと伺《うかご》うてもよろしいでしょうか」と、控えめに問いを向けた。

「なんなりと」

「お誕生の宴では、大王は毎年お装束《つくり》にことのほか意を尽くされると伺うております。本年はいかが？」

馬子は「うむ、それな」と、まなじりを下げた。

「ことのほかお美しうあられましたぞ。どういうご趣向であろうかしらん、上から下までまっ白に装うておられた。襲《かさね》の衣も、領巾《ひれ》も、裾引く裳《も》も、清浄な、輝かしい白でござった。お頸《くび》の飾りは大きな水晶の玉。髷《まげ》の飾りは、みごとな白金《しろがね》細工。大王の御髪《おぐし》はすでに銀色であられるが、それゆえにようお似合いで、なにか神々《こうごう》しい光のようでありました」

「まあ……」

菩岐々美がほうっと目を細める。厩戸もその姿を想像する。

カシキヤヒメは昔から美しい叔母であった。容色の問題というより、内面からにじみ出る気品である。

馬子は病床の夫婦を満足げに見較べたのち、飛鳥の方角を仰ぐようにした。

「大王がなごやかにして威厳に満ちておられるので、集うた者もみな和気藹藹《わきあいあい》でありました。愉《たの》しき一日《ひとひ》であった。大王のまわりに響いておった楽《がく》の音やら歌声やらが、なにやら夢のように……」

ふっ、と口をつぐんだ。

「大臣？」

一瞬ののち、言葉が継がれた。

「なんと申したらよいか、なんともいえず慕わしい感じが、年々強うなります。とりわけ今年はあきらかに感じました。あまりにまばゆうて、めでとうて……」

また、途切れた。

「いかがされた」

厩戸はいぶかしみの眼《まなこ》を大叔父に向けた。馬子の濃いひげ面の中で、唇がへの字に結ばれている。

「不安になり申した」

しばし沈黙となった。

馬子が「皇子」と、改まった。

なにか重い述懐が飛び出しそうである。

「いかにも」

厩戸は殊勝に相対した。

「カシキヤヒメの大王のおん治世は、幾年《いくとせ》になると思われます」

――ああ……。

厩戸はようやく相手の言わんとすることを理解した。

馬子が低く響く声で言った。

「二十九年でござる。明年で三十年になるのですぞ」

「なるほど」

——三十年。

長い春だ。長すぎる春と言ってもよい。厩戸の知る限りでは、この国では、アメクニオシハルキヒロニハの大王（欽明《きんめい》）の世が三十二年でもっとも長い。それを超えんとする勢いだ。

「大王はおん年六十八であられる。そうして、この馬子は七十一」

カシキヤヒメは、なみはずれて肉体すこやかなる大王である。けれども、高齢だ。

長い春と、平和。

だからこそ、不安になる。いまのこの平《たい》らかな世が、いつまでも続くはずはない。その終わりは、そう遠い未来であるはずがないのだ。では、そのときは——？

だしぬけに、数日前の恐ろしい夢がよみがえった。

ごうごう、ばちばち、炎が天を焦がしている。悲鳴をあげて逃げ惑う人びと。焼け落ちた屋形に縊れている死骸。青い衣の軍勢がずらりと並び、小山のような将が、やれ！と三日月の大槍を振り下ろした。

——あの夢は。

——それを予兆しているのだろうか。

にわかに妙な空気が漂いはじめたのを察し、菩岐々美郎女がそっと退いていった。

その後ろ姿をちらりと見送ったのち、馬子がハハハ、と豪快に笑い飛ばした。

「いやいや、これは申し訳もございませぬ。不吉なことを口走り申した。まったく寄る年波じゃ。こんにちは皇子のやまいのお姿など拝見したので、つい、弱気の虫が出ました。失敬いたしました。ああ、いかぬ。不死身の馬子も焼きがまわった」

大きなこぶしをあぐらの両腿《りようもも》につき、ぐっと頭を下げた。この国の最高位を表す紫色の冠が、いやおうなく目に入った。

「いや――」

厩戸はその頂のところを眺めながら、遮《さえぎ》った。

む――、と顔が上がった。

「わかる」

いったん笑い飛ばしたはずのものが呼び戻され、互いの中空に漂った。

「さようで、ございますか」

「わかる」

繰り返した。

馬子も先ほどと同じことを、もう一度言った。

「大王は六十八。そして、この馬子は七十一でございまする」

厩戸が、その先を続けた。

「吾は四十八だ。そうして、このようにわけのわからぬやまいに臥す身にもなった」

双方、沈黙した。

静かになったとたん、しびれるような蝉しぐれが聞こえはじめた。二人して、しばらくおのれらとは別次元の盛んな生の声に耳を傾けた。

やがて馬子がその響きを押しのけた。

「皇子」

「なんぞ」

「次期の大王は、山背大兄の君でござりまするぞ」

どきり、とした。

唐突なようでいて、唐突ではないせりふだった。

厩戸はその心を引き取り、鏡像を打ち返すように言った。

「次の宰相はそなたの息《そく》、蝦夷《えみし》であるぞ」

ねっとりと汗が噴き出し、首筋から衣の下に気味悪く伝わった。

＊

いかほど時が移ったのか、小窓の向こうは目を射るほどのまばゆさになっている。対《たい》蹠的《せきてき》に部屋の中は暗い。

「大臣《おおおみ》」

厩戸は静かに呼びかけた。

「はい」

「例の、しかかり中の国史のことであるが」

「お――」

馬子が分厚い相貌を引き締めた。

その試みが始まってから、足かけ二年になる。編纂室《へんさんしつ》は馬子の嶋屋形《しまのやかた》にあるので、進捗の報告は史《ふひと》らが逐一行っている。が、厩戸の頭の中にあるものについては、馬子は知らない。厩戸は時期尚早と思っていたし、馬子のほうも求めなかった。けれども、いままさに、話題にすべきであった。

厩戸は、寝床の上で居ずまいを正した。

「むつかしき仕事です。とくにむつかしいのは、この国の始まりの部分だ」

馬子も姿勢を改めた。

「わかります」

互いの思惑が、ゆらりと交錯する。

「われらのこの国はいかにして生まれたのか。われらの大王家はいかにして成ったのか。

その創始の物語を、吾はあれかこれかと考えつづけてきました。なかなか定まらぬ。いまだに迷うておる。けれども、いまのところ心に定めておることを、申しあげましょう」

「伺います」

厩戸は一瞬、小窓のほうを仰ぎ、天の彼方《かなた》を望むようにした。

「この倭国の大王は日の神の末裔《すえ》じゃという。ゆえをもって、吾は原初の神々の世界を、遥《はる》かなる空の高みに求めたいと考えています。これは倭国古来の伝えというより、海彼《かいひ》の国々の神話に倣《なろ》うたというほうが正しいかもしれません。高き天上の楽土――、高天原《たかまのはら》です」

「ほう……、たかまのはら。たいへんにうるわしゅうございます」

毛深い相貌が大きく諾《うべな》う。

「その光り輝く世界のあるじとなる、われらが祖神《おやがみ》様を――」

厩戸は言葉を切り、一つ、深呼吸した。

「吾は女神として描きたいと思う」

「なんと」

馬子のこぶしがびくっと震えた。

「それは、カシキヤヒメの大王に比して――、でありますか」

厩戸はゆっくりと応――、のまばたきをした。

「ずいぶん前から、着想はあったのです。しかし、逡巡《ためらい》があった。けれども、こんにち心を決めました。この倭国には、いま、かつてない安らけき世が現れておる。それを実現したのは、女人《にょにん》の大王である」

馬子がおお、と、ほう、の入り混じったような感嘆をもらした。

その脳裏には、長きにわたってともに歩んできた、自分とその人との歴史が浮かんでいた。

二・カシキヤヒメ

「大臣《おおおみ》、あの男を殺してください」

美しい姫がそう言った。

ギョッとして見返すと、恨みに濡れた眼《まなこ》がこちらを見つめている。青白い肌の中で、目のまわりだけが紅を刷《は》いたように赤い。

「わたくしは、あの男に犯されました」

――えっ。

馬子は言葉を失った。

「あんな卑劣な男を、大王《おおきみ》にしてはなりませぬ」

それは三十四年前、厩戸皇子の父のタチバナノトヨヒ大王（用明《ようめい》）がみまかった直後のことだった。

大臣馬子の屋形を、深更《しんこう》、カシキヤヒメがひそかに訪ねてきたのである。

そのころ、世上では後継の大王を誰にするかで揉めており、タチバナノトヨヒの異母弟らが、それぞれ豪族に担がれ、暗闘を繰り広げていた。そのうちでもっとも有力なのが、穴穂部皇子《あなほべのみこ》だった。カシキヤヒメはその穴穂部に犯された、と訴えてきたのである。

血を絞ったような涙が、硬い頬をすべった。

自分は穴穂部に、若いころから求愛されていた。けれども自分は厚顔無恥なかの皇子が大きらいだから拒みつづけ、先の大王であるヌナクラフトタマシキ（敏達《びだつ》）に嫁いだ。しかし、かの男はしつこかった。なにかとつきまとい、二年前、夫が世を去り喪に服しているとき、あろうことか殯《もがり》の宮に侵入してきた。そして凌辱《りようじよく》された。

許しがたい。けれども、神聖たるべき夫の霊前で油断していたおのれにも非はあった。だから、黙っていた。そしたらますますつけあがり、いま、大王襲位を後押ししてくれとえげつなく迫ってくる。協力を否むならば、あの日のことを言いふらす。あれは和姦《わかん》であった、と――。

「いやっ、いやっ」

美しい姪は身をかき抱き、烈《はげ》しくかぶりを振った。

「あの男を殺してください」

じりっとにじり寄られ、袍《ほう》の袖をつかまれた。

目の色が変わっていた。ひょっとすると、この姪はいままた穴穂部に犯され、逃げてきたのではないか、と馬子は疑った。取り乱し方が尋常でなかった。

「許せない、許せない」

ぐいぐい揺さぶられた。

「落ちつかれよ、皇太后」

なだめて、制そうとした。すると、相手はさらにあぐらにむしゃぶりついてきた。

——なっ。

面食らいながら、胸が高鳴った。

引きはがすことを忘れ、相手のなすがままになった。

やがて小腰にとりついていた顔が、すう、とこちらをあおいだ。汗ばんだ顔に黒髪が乱れ、蜘蛛《くも》の巣のようにまとわりついていた。

「おねがい、おじうえ」

狎《な》れた呼び名に変わっていた。

「ヒメ——」

と、こちらも幼時の呼び方で返した。常の距離が吹き飛んだ。腕をつかんで引きあげ、抱きしめた。懐の中で、相手の力が抜けるのを感じた。すべてをゆだねるように瞳が閉じられ、反対に唇はうっすらと開かれた。赤く動く舌が見えた。かっと血がかけめぐり、凝集し、次の瞬間、寝所にかっさらっていた。

褥に押し開いたからだは驚くほどしなやかで、手脚が長かった。責め立てると、わななくように反応した。妖しい女郎蜘蛛とまぐわっている気分だった。大きな罠《わな》よろしき巣の上で、粘液をしたたらせながら交わった。

明け方目が覚めたら、美しい虫の化身はすでにいなかった。抜け殻みたいな心地だった。昨夜のことは夢だったのか、うつつだったのか、茫然《ぼうぜん》と考えた。

次に公事《くじ》の場で会ったときには互いに素知らぬ顔で、情事についてはいっさい触れられなかった。しかし、馬子は約束を正しく実行した。穴穂部皇子の不義と破廉恥《はれんち》を追及し、きっちりとあの世へ送ったのである。

じつのところ、馬子は穴穂部とはもともと気があわなかった。政敵である物部守屋《もののべのもりや》と組んでいる、目障《めざわ》りな存在であった。カシキヤヒメの告白は、その異物を除くための願ってもない口実となったのである。

ことの成就を告げたとき、カシキヤヒメはぐらっ、と卒倒しかかった。

「皇太后、大丈夫であられるか」

あわてて支えようとしたら、柔らかく押し返された。

麗人は蒼白《そうはく》な頰で宙を見つめ、凝然《ぎょうぜん》とつぶやいた。

「男子《おのこ》など……」

ドキリ、とした。

「われは、わが身一つで生きていく」

氷を鑿《のみ》で削ったような、ゾッとするほど冷たい横顔だった。

——どういう意だ？

と、疑った瞬間、世にもおだやかな笑顔が振り向いた。一刹那《いっせつな》前の蒼《あお》いほむらはまったく消え去り、光り輝く天女がそこにいた。

「大臣、これからもよろしゅう頼みます」

この日から、馬子とカシキヤヒメは歴戦の主従のように、ある蜜月に入ったのである。

＊

いま、泣く子も黙る宰相として、まつりごとの頂に立っている嶋大臣蘇我馬子だが、最初から順風満帆だったわけではない。その前半生は、むしろ冴《さ》えなかった。そのいちばんの理由は、才を発揮させてくれる主君に恵まれなかったことである。

馬子の父、蘇我稲目《いなめ》は、偉大な王として知られるアメクニオシハルキヒロニハ（欽明）に重用され、没落した葛城《かずらき》一族の後裔《すえ》である自分らを躍進させるのに成功した。稲目は葛城以来の伝統でもある渡来の文化の受容に力を尽くした。仏教が最たるものである。

アメクニの大王の御代《みよ》は三十余年になんなんとし、稲目はたくさんの娘をその后妃《こうひ》となし、外戚としての地歩を築いた。

稲目の跡を継いだ馬子は、アメクニの大王の継嗣《けいし》のヌナクラフトタマシキの大王に仕えた。若き馬子は大王とのあいだに父と先王のような関係を築きたいと願った。けれども、それは叶《かな》わなかった。ヌナクラの大王は頑迷かつ保守的であり、およそ変革ということを好まなかった。わけても仏教をあやしげな異教として退けた。仏教の推進によって台風の目になろうとしていた馬子は勢いを失った。

進取の気性の馬子は、なにかと大王に疎んじられた。相対的に、保守派の物部守屋が重く用いられるようになった。馬子は焦った。

そのとき、なにくれとなく大王とのあいだを取りもってくれたのが、皇后であり、おのれの姉堅塩媛《きたしひめ》の娘であるカシキヤヒメだった。聡明なカシキヤヒメは気難しい夫をうまくあしらい、馬子に失点がつかぬようにしてくれた。ヌナクラの大王十四年の治世で、馬子がかろうじて守屋に敗北せずに済んだのは、この姪のおかげでもあった。

しかし、当時の馬子はカシキヤヒメに感謝こそすれ、とくべつな感情は持たなかった。そのときの関心が別の姪――、すなわち、もう一人の姉小姉君《おあねのきみ》の娘、間人皇女《はしひとのひめみこ》に向いていたからである。ヌナクラの大王との絆《きずな》の確立を断念した馬子は、次なる主君として、間人の夫であるタチバナノトヨヒに期待していたのであった。

やがてヌナクラの大王が没し、タチバナノトヨヒが王位に就いた。それは初の蘇我系の大王であり、馬子の歓喜は大きかった。タチバナノトヨヒは先王と違って性柔和で学問を好み、仏を敬い、渡来の文化への理解も高かった。馬子を信頼してまつりごとも任せてくれた。ようやくおのれの活躍の場ができた、と馬子は意欲を新たにした。ところが、この大王は虚弱だった。襲位から二年もたたず、あっさりと世を去った。馬子の野望はまた振り出しに戻った。

次はたれを擁立するか。

まわりを見渡すと、守屋が穴穂部皇子と組み、さかんに運動していた。であれば、と、穴穂部の弟の泊瀬部皇子《はつせべのみこ》を擁し、対立陣営を張った。しかし、泊瀬部は小物であり、こちらの大きな夢に応えてくれるとは、とても思えなかった。

――もっとすぐれた大王と組みたい。

そのように焦《じ》れていたとき、姪のカシキヤヒメから、思いもよらぬ接近を受けたのである。馬子の人生の転機となった。

カシキヤヒメはすぐれた女人であった。その魅力に触れれば触れるほど、馬子はつまらぬ皇子どもを無理して引っ張り出すより、この人をこそよほど大王に立てたい、と思うようになった。

しかし、女の大王への反発も予想された。急《せ》いてはことをしそんずる。あせらず、一人ずつ、敵を潰していこうと思った。じっくりと外堀を埋め、大王となるべきはもはやカシキヤヒメしかおらぬ――と、万人が同意するところへ持ち込もう。そう決心した。

穴穂部皇子の排除ののちは、物部守屋の一族を倒した。ハッセベの大王（崇峻《すしゅん》）も片づけた。そうして、対立候補が誰もいなくなったところで、カシキヤヒメを堂々と位に就けた。五年かかった。このときカシキヤヒメ三十九歳、馬子四十二歳だった。

それから、三十年近い星霜《せいそう》が移った。

馬子とカシキヤヒメの蜜月はいまだに続いている。馬子はカシキヤヒメを立てる。大王は馬子を尊重する。これほどの関係はめったになかろう。

で、ありながら、ときおり、馬子の耳の底に、カシキヤヒメがつぶやいた謎の言葉がよみがえるのである。

――男子《おのこ》など……。

――われは、わが身一つで生きていく。

カシキヤヒメは孤高の天体だ。火のように熱くもあり、氷のように冷たくもある。月のようでもあり、太陽のようでもある。

馬子はカシキヤヒメを愛していた。しかし、男と女の情を交わしたのは、けっきょくあの狂乱の夜、一度だけだった。

*

しびれるように、蟬が鳴いている。

二人の童が小さな手に扇を握り、風を送りつづけてくれている。

部屋の隅に、腹心の龍が所在なげに控えている。ときおりぐらっと頭が揺れる。うつらうつら居眠りをしているらしい。

大臣馬子は太い腕を組んだまま、なにやら果てしない様子である。国史の女神の案を話したことが、よほど感慨を誘ったものとみえる。

厩戸皇子は、かつてこの大叔父がわが母間人と関係していたことを知っている。そして、叔母カシキヤヒメとのあいだにも、なにかがあるのではないかと疑っている。叔母はともかく、馬子のほうは確実に叔母に想いがあると思う。

馬子のその気持ちを、厩戸はわからぬではない。厩戸自身、カシキヤヒメがきらいではない。わが母より好もしく思うことすらある。

厩戸は女人特有の粘性のものが苦手である。母には、それが如実にある。力ある者に媚《こび》を売り、しなだれかかる。感情的で、すぐ変わり身する。美しいが腐りやすい牡丹《ぼたん》か芍薬《しゃくやく》のようである。それに比すれば、叔母は、りんとして硬質だ。寡黙で、偏頗《へんぱ》がなく、醒《さ》めている。

カシキヤヒメは竹田皇子《たけだのみこ》と尾張皇子《おわりのみこ》の二皇子をなしたが、二人ともあまり明晰《めいせき》でなかった。だから、彼らをいとしがりながら、同時にきびしかった。幼いころから公《おおやけ》の場でもしばしば叱咤《しった》し、「そなたらは厩戸を見習いたまえ」と、甥の自分を讃えた。大王位に就いたのちも謙虚だった。厩戸は何度ねんごろに助勢を頼まれたかわからない。

「厩戸よ、力を貸してくりゃれ。わたくしはたれよりもそなたの進言を信じます」

この同じ台詞《せりふ》を、叔母はいまだに使う。

大臣馬子のまつりごとがいまなお持続しているのは、馬子だけの功ではない。はんぶんはカシキヤヒメに帰すべきだと厩戸は思っている。

しかし、この叔母は、家庭的にはあまり恵まれなかった。夫王のヌナクラフトタマシキ（敏達）は狭量で、夫婦仲は睦まじくなかった。また、自身が健勝なぶん運を使ってしまったのか、子供らにもみな先立たれた。竹田も尾張もとうにいない。厩戸の室であった菟道貝鮹皇女《うじのかいたこのひめみこ》も、子をなす前にみまかった。かろうじて尾張の一女である橘大《たちばなのおお》郎女《いらつめ》が、厩戸の若いきさきとなっているくらいである。存外に孤独な身の上だ。

ふいに、

「皇子？」

と、呼びかけられた。

「ご気分でも？」

馬子が首をかしげている。ハッとした。

「あいすまぬ。ちと考えごとをしておった」

「さようでありますか」

馬子が相好《そうごう》を崩した。

「この馬子もです。皇子から思いがけぬご報告をいただいたので、半世紀分のおのれの人生がこのへんを駆けめぐっておった」

分厚い胸のあたりをぐりぐりと撫《な》でた。

「だな」

厩戸も笑い返した。そして、じゃっかん補足した。

「いやしかし、女神様の物語を描くには、もう少し材料がほしいのですよ。絵空事ならなんとでも言えるが、できる限り実《じつ》を踏まえた、深みのある話にしたきゆえ」

「いかにも、いかにも。それこそ肝要です」

同意が返った。

厩戸はひょい、とかたえへ首を伸ばし、「龍――」と、呼んだ。

無聊《ぶりょう》をかこっていた史は弾かれたように姿勢を正した。

「はっ」

「吾の備忘録と帝紀《ていき》を持ってまいれ」

「ただいま」

部下は資料の山の中から求められたものをすみやかに捜し出し、主君の手元に揃《そろ》えた。

なんでありましょう――、と、馬子が覗き込んだ。

厩戸は綴《と》じ本と巻子《かんす》とをひもとき、はら、はら、と改めた。それから瞳を大叔父の顔の上にぴたりと据えた。

「吾が大王家の祖神《おやがみ》様を女神にしたいと考えたのは、必ずしもカシキヤヒメの大王のことだけを思うてではないのです。わが邦《ほう》の遠い遠い昔には、ヒミコなる女王がおったげな」

「ほう、ヒミコ様」

「海の向こうの魏《ぎ》なる国の史書に載っております。かつてこの倭国《やまと》はたいへん乱れておったのだが、その女王が位に就いたとたん、いくさ収まり、世は平らかになったという」

た。

「ふうむ」

馬子が興味しんしんの顔になった。一息ののち、「それを申すならば」と、鞠《まり》を返した。

「われら蘇我の祖、葛城の血を引く女性に、イヒトヨなる皇女《ひめみこ》がおられたという話がありますな。その方がわが邦初の女人の大王であったとか」

「お――」

厩戸は大叔父の意外な博識に驚いた。

「たしかに」

そのとおり。そういう伝えもあるのである。いまから百年《ももとせ》か二《ふた》百年かの昔、葛城の一族はオホハツセという大王（雄略《ゆうりやく》）に滅ぼされた。そのころの皇女といわれている。

馬子が言葉を重ねた。

「オケの大王（仁賢《にんけん》）、ヲケの大王（顕宗《けんぞう》）なる、ご兄弟のおん姉君であったとか」

「うむ。叔母ともいう。大臣、ようご存じだ」

「いやいや、わが祖先にかかわるお人ゆえ」

馬子のひげ面が、自慢げに緩んだ。

「じつを申しますと、この馬子、カシキヤヒメ様を大王にお担ぎしたとき、このヒメのことがちらりと頭の隅にあったのです。万が一、女の大王など――と抗《あらが》う輩《やから》が現れたら、前例として示してやろうか、と。けっきょく、そんなたてつく者も出てこなんだのですが」

「なるほど」

厩戸も少し調べたことがある。だが、判然としなかった。その後、飛鳥寺の寺司《てらのつかさ》の善徳《ぜんとこ》から葛城の語り部のことを聞き、使いを出してみたが、その翁もすでに亡くなっていた。それぎりになった。

だしぬけに、

「あ――」

馬子が両の手のひらで、あぐらの腿をぱしん、と打った。

厩戸は盛大な肉の音にびくり、とした。

「いかがされた」

「失礼いたしました」

分厚い膝頭が、じり、と迫ってきた。

「忘れておりました。皇子、葛城の女王のことを尋ねるのならば、まさに適役かもしれぬ女人がおられますぞ」

「む、たれじゃ」

厩戸も大叔父のほうに半身を乗り出した。

「ほかならぬ皇子のおん妹君です。葛城の姫君、酢香手姫《すかてひめ》様でございます」

「酢香手……、ああ……、伊勢の」

厩戸の中におぼろげな記憶が立ちのぼった。

わが父王タチバナノトヨヒ（用明）は虚弱のために妻妾《さいしょう》は少なかったが、それでも、二、三はあった。その一人が衰微した葛城の女人で、酢香手姫はそこに生まれた一女であった。厩戸は面識がないが、十歳くらいのとき、伊勢の地に斎宮《さいぐう》としてくだったはずである。伊勢には大王家の祖神の日の神を祀る社《やしろ》があり、折々に皇女がつかわされるのだ。

馬子は大発見でもしたかのように、鼻の穴を広げている。

「三十幾年、伊勢に詰めておられたのだが、やまいのために故地へ退《ひ》かれることになったとか。葛城にはすでに母君もおん兄妹もおわさぬのだが、どうしてもふるさとの土が踏みたい、と。先だってカシキヤヒメ様から伺いましたのですが、わが身に関わりなきことゆえ、斜めに流して、気にもとめておりませなんだ」

王城で処理される案件のうちでも、神祇《じんぎ》のことは、ほぼ大王の一存で決められる。馬子たち官僚は立ち入らないのだ。

「なるほど……、酢香手か。あれが帰ってくるか」

数少ない葛城の生き残りである。しかも、日の神の妻をつとめてきた女人である。にわかに輿を誘われた。

「会いたいな。退下《たいげ》はいつであろう。もう戻っておるのか。面会はできるのだろうか」

「さようですな」

「大臣、当たってくださるか」

「お安い御用です」

馬子はますます鼻の穴を広げた。

「さそくにお調べして、回答の使をお出しいたしまする」

そうと決まったらじっとしておれぬらしく、馬子はこれにて——と、気早に袴《はかま》の膝をはたいて立ちあがった。

「またお見舞いにあがります。皇子、くれぐれもおだいじになされませ」

「うむ」

「高天原の女神のお話、楽しみにしておりまする」

にゅっと目を細め、来たときと同じように、のし、のし、と去っていった。

厩戸はその大ぶりな背中が視界から消えるのを待って、かたえに平伏《ひれふ》している忠僕に声をかけた。

「龍」

「はっ」

「聞いておったな」

「はっ」

「申しつける」

ちょいちょい、と手招きした。

素直な丸顔が、待っていました、とばかりに輝いた。

「大臣より返事《かえりごと》があったら、そなた、葛城へ行け。元斎宮に、イヒトヨヒメのことを尋ねるのだ」

「承知でござります」

厩戸は、先ほどの帝紀をいま一度広げた。ゆらっ、ゆらっ、と何度か指先を宙に泳がせたのち、ぴたりと一カ所を指さした。

「ここじゃ。このあたりを頭に入れておくがよい」

龍はかしこまって覗き込んだ。

オホハツセ、と、ひときわ大きく墨書された周囲に、あるじの手蹟《て》でたくさんの書き込みがある。

オホハツセ――シラカ……ヲケ――オケ……ヲホド
系図は修正の跡が重なり、破線交じりになっている。ヲケ、オケという文字の脇に、いま話に出たイヒトヨ、という名が小さく見えた。

「ようわからぬ数代じゃ。混乱の世であったと思われる。葛城の民が衰微したことも、もちろんかかわっておろう。それと、イヒトヨヒメがどう連関するのか」

「はい」

使命感と不安とがないまぜになって、龍はびりりと緊張した。

主君の切れの長い横目で、頬をすっ、と撫でられた。

「頼んだぞ」

三・イヒトヨヒメ

ひとすじの燭《しょく》がともった室内に、濃密な檜《ひのき》のにおいがたちこめている。灯りが揺れるたびに、向かいあっている白装束の女人の影も揺れる。

船史龍が葛城の山ふところ、忍海《おしぬみ》の森にやってきたのは、あるじ厩戸の命を受けてから五日のちのことだった。

窓を閉《た》てきった屋形はしん、として人気《ひとけ》もなく、昼日中《ひるひなか》なのに、夜かと錯覚する。聞こえてくるのは風の音と、ときおり鳴く鳥の音《ね》くらい。加えて、夏とも思えぬ涼気である。

「辛気《しんき》な場所でござりましょう。鄙《ひな》の女子《おなご》の不調法《ぶちょうほう》とおぼしめして、どうかお見逃しくださりますよう」

元斎宮がにこ、とほほえんだ。

龍は恐縮してにじりさがる。

「めっそうもございません。ずうずうしうご療養のところへ押しかけまして、まことにもってご迷惑様でございます」

ひとしきり謝辞をのべてから、目の前の人をふたたび仰いだ。

わがあるじ厩戸皇子よりも五つ下とかいう。四十路《よそじ》を少し出たくらいだろう。やまいというけれど、さほどやつれているようでもない。三日月形の眉とふくよかな頬が、むしろ美しい。

どこがお悪いのだろう——と、最初龍は首をかしげた。が、二、三、言葉を交わし、すぐにわかった。目の患《わずら》いだ。すでにほとんど見えぬらしい。この設《しつら》えは、日の光を避けるゆえであったのだ。

「遠慮のう、なんでもお尋ねくださりませ。さして力もござりませせぬが、お役に立ちたいと思います」

森になずむようなやさしい声だ。

酢香手姫は厩戸皇子と父を同じうする歴《れき》とした皇女である。けれども、ものごしはあくまでも控え目だ。

「では、お言葉に甘えまして」

龍はさらに恐れ入りながら、支度《したく》を始めた。

が、どうも手元が暗い。筆記がむつかしい。どうしたものかと惑っていたら、元斎宮は即座に嫗に燭をもう一つ持ちきたるよう言いつけた。

「痛み入ります」

もの見えぬ人は、恐るべく察しがよいらしい。

二つ目のともしびが運び込まれた。とたん、相手の影が壁に長く這いのぼり、梁の下ににゅっ、と突き出している恐ろしげなものにつながった。龍はギョッとした。

——なんぞ？

三尺はあろうかという、大きな二本の鹿の角《つの》であった。

そういえば、これに似た装飾は、屋形に入るときにも見た。門の両脇に注連縄《しめなわ》を結んだ桂《かつら》の大樹が二本あり、その間からのぞく破風《はふ》に、巨大な枝かと紛《まご》う二股の角が生えていた。

相手がふたたび察し、目尻をやわらかくゆるめた。

「みごとなものでござりましょう」

「はい」

「これはわれら葛城の守り神、ヒトコトヌシ様のみしるしでござります。ヒトコトヌシの神様は、雄々しき角を持ったシシ神様なのでござります。丈《たけ》高き桂の木をすみかとされるゆえ、またの名を高木《たかぎ》の神様と申します。葛城のかずらとは、ふつうには地を這う草を指しますが、かつらの大木を指すこともあるのです」

「シシ神様……。桂木の……、高木の、神様」

初めて聞く話が、清新に耳を打った。

ヒトコトヌシ、という神の名は、龍も何度か聞いたことがある。が、委細は知らない。それを信奉する葛城の民が絶えたのだから、当然である。葛城の一部は蘇我に受け継がれたが、蘇我の人びとは異国の仏を取り入れることに忙しく、古来の祖神《おやがみ》のことは忘れてしまったらしい。

おもしろい由縁《ゆかり》を聞けそうだ。龍はごくりとつばを呑《の》んだ。

灯火に浮かびあがる二股の凶器に見入った。煤《すす》でいぶされたように黒光りしている。本物の角だろうか。石？　木？　いや、どちらでもないような。

めしいた元斎宮から、またしても尋ねる前に答えが返った。

「黒鉄《くろがね》でござります。葛城には、いにしえよりすぐれた技術《てわざ》を持った鍛冶《かじ》の者がおりまする。韓《から》渡りの者たちです。その昔この忍海にあったイヒトヨヒメ様のお住まいにも、大きな鉄鋌《てってい》をもちいた角の飾りが掲げられておりました。ゆえをもって、その宮を忍《おし》海高木角刺宮《ぬみのたかぎのつのさしのみや》と申しあげたのです。

その故事になぞらえ、カシキヤヒメの大王《おおきみ》が、このたびこのような住まいをわたくしのためにおあつらえくださったのです」

「おお」

求めていた話が出た。龍は思わず歓喜の声をあげた。イヒトヨヒメは、まさにこの地に住んでおられたのだ。それはどのような女王様だったのか。どのようなお働きをなされたのか。

かぶりつくようにした。

「斎宮様、それでござります。その女王様のことを、この船史、くわしう伺いとうござります」

ぺたりと伏した。

「あいあい」

快い諾《だく》の返事が返った。

「わたくしも三十幾年の昔に母より聞いたことしか存じあげませせぬ。が、覚えておることは漏らさず話しましょう。いえむしろ、聞いていただきたい。イヒトヨヒメ様のみならず、わたくし自身のためにも。いえ、いま天《あめ》の下《した》をお治めになっておられるカシキヤヒメ様のおんためにも」

「頼もしや」

龍は手元の筆を構え直した。

元斎宮は白い頰をシシ神の角のほうに向け、見えぬ目元をひとしきりひきしめた。

「われらは葛城の女子にござります。葛城の女子は強き心を持っております。そういう伝統でございます。はるかに遡れば、ホムダワケの大王（応神《おうじん》）をお生みになったオキナガタラシヒメ様（神功皇后）、オホサザキの大王（仁徳《にんとく》）の奥方イハノヒメ様、オホエノイザホワケの大王（履中《りちゆう》）の奥方クロヒメ様。際立った女人がおられます。そのなかでもとりわけて、イヒトヨヒメ様は巌《いわお》のような志と忍耐をあわせ持ったおん方であったと聞いております。なにしろこのヒメは――」

そこまで言うと、急に声音《こわね》を落とした。低く、口の中でつぶやいた。

「わが身一つで生きてゆかれた、のでありますから」

「え？」

よく聞き取れなかった。

「なんと？」

しかし、元斎宮は答えず、水のように淡々と語りの準備を始めた。脇息の具合を改め、褥を按配《あんばい》し、嫗に言いつけた。

「わたくしと史殿に、白湯《さゆ》を持てきてたもれ。お話が長《なご》うなると喉がつろうなるゆえ」

目をつむったまま、端正なかおばせをこちらに向けた。

「では、聞いていただきます」

薄闇に溶け入るように、深々と頭を下げた。

＊

イヒトヨヒメ様の事績は、世にはあまり知られておりませぬ。数奇なご生涯でありますから、障《さわ》りあって伏せられてきたのかもしれませぬ。

父君はオホエノイザホワケの大王の息《そく》の、イチノヘノオシハの皇子。母君は葛城のハエヒメ様でございます。ハエヒメ様は葛城の雄、ソツヒコの長《おさ》の曽孫《ひまご》に当たられます。そして、十ほど年の離れた弟君に、オケ、ヲケという二人の幼い王子がおいでになりました。お二人は双子の若様だったと伺うております。

イヒトヨヒメ様のご境涯を語るには、まずオホハツセの大王（雄略）とのかかわりを語らねばなりませぬ。

ヒメがご幼少のみぎり、天下はアナホの大王（安康《あんこう》）が治めておられました。大王には御子がおいでではなく、万一のときには従兄弟《いとこ》にあたられますイチノヘノオシハの皇子を位につけるよう、望んでおられたそうです。アナホの大王にはシロヒコ、クロヒコ、オホハツセ、と三人もご健在のご兄弟がおられたのですが、あえてイチノヘノオシハの皇子を望まれたのは、この皇子がとくに人物すぐれ、衆望が高かったからでございます。

この父君のもとで、イヒトヨヒメ様はなに不自由ない早乙女《さおとめ》の時代《ひととき》を過ごされました。ところが、しあわせな日々はとつぜん終わってしまったのです。

それはヒメが十二になられた春のことでございました。アナホの大王がある事件によって、お命を落とされたのでございます。大王のお命を奪ったのは、なんと、おきさき様の連れ子のマヨワ君という年端《としは》もいかぬ王子様でありました。

なぜそのような恐ろしいことが起こったかといいますと、アナホの大王はかつて、ゆえあってマヨワ君の父上を処刑し、その奥方をみずからのおきさき様とされたのです。つまり、マヨワ王子にとってアナホの大王は憎い父の仇《かたき》ということになります。ずっと秘されてきたその事実を、ひょんなことからマヨワ王子が知ってしまったのです。

兄王アナホ死すの報に触れ、弟君のオホハツセの皇子が、いちはやく追討の軍を起こされました。この皇子は獣のようにたけだけしく、火のごとくお気が短《みじこ》うございます。マヨワ王子は救いを求め、葛城の長《おさ》、ツブラの大臣《おおおみ》の懐に逃げ込みました。

ツブラの大臣は王子のじじ君でもなんでもありません。では王子はなぜにツブラの大臣を頼ったのでありましょう。わたくしの思いますに、おそらく王子はひどい裏切りにあわれたせいで、たれも信じられぬお心になっておられたのでしょう。血のつながりなど、もはやあてになりませぬ。それよりも、情に厚く、世上随一の律義者として知られておったツブラの大臣こそを頼もしゅう思われたのでしょう。

そんなマヨワ王子を、大臣はねんごろにおかばいになりました。窮鳥《きゅうちょう》懐に入れば猟師も殺さず、というところでございます。

オホハツセの皇子は、ツブラの大臣を鋭く糾弾しました。大軍をもって大臣のお屋形を取り囲み、不逞《ふてい》の王子を引き渡せ、さもなくば、おぬしらの一族すべて容赦せぬと迫りました。

しかし、ツブラの大臣は従いませんでした。幼少の身で父君の仇を打った王子の心意気をあっぱれと讃え、このいじらしきおん方を、どうして見殺しにできようかと、徹底抗戦の意を表したのです。

そうか、その気ならば覚悟せよ――。

オホハツセの皇子の猛烈な攻撃が始まりました。

静かな葛城のお山は一転、修羅場と化しました。つわものの怒号が峰々を渡り、干戈の響きが嵐のように梢を揺らします。天突く大槍をもって突進するオホハツセの皇子は、獰猛な熊のようであったと申します。

ツブラの大臣も勇敢なおん方でございます。けれども、王宮の軍にはかないません。だんだん劣勢に陥っていきました。そうして、ついに力尽きるときがきました。

マヨワ王子はツブラの大臣に、敵の手にかかる前にわが息の根を止めてほしいと懇願されました。大臣は応諾し、王子を刺し貫き、続いてみずからの喉を突き、もろともに死地へおもむかれたのです。

オオハツセの皇子はそれを見届けたうえで全軍に号令し、葛城のお山に火を放ちました。兵のみならず、翁、嫗、童、赤子を連れた母親まで皆殺しになりました。阿鼻叫喚の地獄でございました。

史殿はご存じであられましょうか。オオハツセの皇子はとりわけ青いお色を好まれ、手勢には、いつもお揃いの青い衣をお着せなさいました。オオハツセ様の青備えと呼ばれて恐れられたとか。このいくさのときも、軍隊のまとった青い色と、バチバチ、ごうごうと燃ゆる炎の色がせめぎあい、運命《さだめ》の二色《ふたいろ》の対決のようであったと申します。それにしても、オオハツセの皇子は、なにゆえここまでむごい仕儀に及ばれたのでありましょう。

わたくしが思いますに、それくらい、皇子には葛城の者たちが目障りだったのでありましょう。

葛城はかのソツヒコの長以来、倭国《やまと》一の豪族でございました。一族からは、たくさんの大臣が出ました。たくさんの娘が大王のおきさき様になりました。たくさんのお子様が生まれました。お国が富み栄えるのに大功《たいこう》ありました。だからこそ、なにごともおのれ一人でことをなしたい皇子にはうとましかったのです。

つまり、折あらば誅《ちゅう》してやろうと狙っていた邪魔者を、マヨワ王子の仇討ちを奇貨《きか》として一気に片づけた――、と、そういうことになろうかと思います。

では、ここからかんじんのお話に入ります。

兄君のアナホ王の横死に際して、オオハツセの皇子がなすったことはそれだけではございませんでした。お跡を御身が確実に継ぐため、邪魔になる皇子たちを片端からほうむっていかれたのです。まずは上の兄様のクロヒコ様。続いて、下の兄様のシロヒコ様。それから、イヒトヨヒメ様の父上であるイチノヘノオシハの皇子に襲いかかったのです。

人望あつく、お血筋も申し分ないイチノヘノオシハの皇子は、オオハツセの皇子にとっては捨てておけぬ存在でした。そこで確実にお命をとるため、ねんごろに策を練りました。親しげなふうをよそおい、狩りに誘いました。イチノヘの皇子はオオハツセの皇子に勝るとも劣らず狩猟がお好きであったのです。

「いとこ殿よ、淡海《おうみ》の蚊屋野《かやの》によい鹿がたくさんおりますそうな。ちと遠出になりますが、ぜひぜひごいっしょしましょうぞ」

イチノヘノオシハの皇子は、先王がおのれを跡目に望んでいたことを知りません。しかして、自分を除く悪だくみがあろうなどとは思わず、快く諾いました。

が、狩場についたとたん、同道者が牙をむきました。ソレ、あそこに大きな獲物が、とうながされ、追いはじめたところを、背後から強弓《こわゆみ》で射抜かれました。従者ともども皆殺しにされました。むごいことでございます。

オホハツセの皇子はしとめた獲物をバラバラに斬り刻み、飼葉桶《かいばおけ》に投げ込み、地中深くに埋めました。それから、さらに命じました。この勢いでイチノヘノオシハの皇子の屋形を襲撃し、オケ、ヲケ、二人の王子も殺してしまえ――。

オケ、ヲケの王子様はまだよちよち歩きでいらっしゃいましたが、イチノヘの皇子は人望がございます。もしかすると、年端のゆかぬ御子様であっても忘れ形見として担ぎ出す者が出てくるかもしれません。念には念を入れる必要があったわけです。

しかし、この無体な指令は果たされませんでした。主君のあまりの心なさに愛想をつかした一人の家臣が、そっと隊列を離れたのです。

家臣はとくべつ俊足の馬を駆り、狩りで仕留めたウリ坊を二頭背負い、一路イチノへの皇子の屋形に向かいました。そして、奥方のハエヒメ様に対面し、夫君落命のことを告げ、安全な場所へ逃れるようおすすめしました。奥方は気絶せんばかりに驚きましたが、一刻の猶予もありませぬ。まずはオケとヲケの君を下男に託し、遠い播磨《はりま》の所領へ向かわせました。それから、おのれは娘のイヒトヨヒメとともに里である葛城へ逃げ、焼き討ちからまぬかれた山中の支族に身を寄せました。その支族のあるじをハヤテと申しまして、その後イヒトヨヒメの腹心として尽くすことになります。

イチノへの皇子の家族が逃げおおせたのち、くだんの家臣は持ちきたったウリ坊の死骸を寝所に置き、屋形に火をかけました。そうして、主君には黒焦げの二つの死骸を示し、オケ、ヲケの王子はみまかったと報告したのです。

オオハツセの皇子はこれを信じ、ようやく大王位に就かれました。宮は三輪《みわ》のお山の東の長谷《はつせ》に営まれました。長谷朝倉宮《はつせのあさくらのみや》と申しあげます。

そののち、この国の天の下には、大王が唯一絶対の高みに君臨する、恐ろしげなまつりごとが行われるようになりました。どんなこともすべて、大王の一言で決まります。少しでも意に背けば、容赦なく首を刎《は》ねられます。みなしくじらぬよう、睨《にら》まれぬよう、黙ってうつむき、廟堂でも自由な言葉が交わされることはなくなりました。息をすることすらためらわれる、重苦しき世になったのです。

それから日いくばくか過ぎたころ、オホハッセの大王はたくさんの供まわりを連れて葛城山へ狩猟にお出かけになりました。いつもの青備えのお姿でございます。すると、森の中でこれまでに見たこともないほど大きく、優美で、雄々しき角を持った鹿に出会いました。大王はすっかり魅せられ、是が非にも手に入れんと挑みました。しかし、鹿は俊敏で、逃げ足速く、なかなかつかまりません。大王はむきになって跡を追い、深追いしすぎて道に迷ってしまいました。

ふと気づけば、あたり一面に深い霧が立ち込めています。わが足元すらおぼつかない。鼻をつままれてもわかりません。みな恐怖に駆られ、いま来た方向へ引き返そうといたしました。そのとたん、一人、二人、三人……と、姿が消えました。一行はいつの間にか断崖絶壁に立っていたのです。オホハツセの大王はお顔の色を変えました。

大王はみなに動かぬよう命じ、霧が晴れるのを待ちました。少しずつ空気が澄み、崖の向こう岸が見えはじめました。そして、ふたたびすくみあがったのです。というのも、もやの中からのぞいた山肌に、ものものしい軍隊が並んでいたからです。

——なんぞ？

目を凝らして見ますと、なぜか自分たちと同じような青い装束に身を包んでいます。弓矢、太刀などの得物《えもの》もよく似ています。軍の先頭に立っている大将がまた、おのれにそっくりです。そのかたわらには、先ほどのみごとな角の大鹿がピタリと添うておりました。

オホハツセの大王は首をかしげました。この国には王は自分一人しかいないはずなのに、どういうことであろう。

そこで、

「そこにおるのは、たれじゃ」

大声で呼ばわれました。

そうしましたら、向こうの大将も「そこにおるのは、たれじゃ」と、まったく同じ言葉を返します。大王はさらに、「この国の王はわれ一人じゃ。そちらは何者だ」と、叫びました。すると、また、「この国の王はわれ一人じゃ。そちらは何者だ」と、同じ言葉が返ります。

気の短い大王はカッとなり、部下に合図して矢を構えさせました。その瞬間、相手の軍もこちらにぴたりと矢を向けました。大王はみたびギョッとしました。

――いったい、何者なのだ。

恐ろしゅうなって、こう提案しました。

「もう一度申す。互いに名乗りを済ませよう。しかるのち、矢合わせいたそうではないか」

須臾《しゅゆ》ののち、相手が殷殷《いんいん》と答えました。

「われはこの葛城山に住まう神、ヒトコトヌシである。なんじがあまりにわれの山で狼藉《ろうぜき》を働くゆえ、いかに無礼かを教えてやろうと、なんじと同じ姿になって出てきたのじゃ」

呵々《かか》と哄笑《こうしょう》されました。

オホハツセの大王はゾッと肌を粟立《あわだ》てました。即座に手勢に衣を脱がせ、太刀も弓矢もみなはずさせ、がば、と平伏しました。

「なんとなんと、お山の大神《おおかみ》様であられましたか。畏《おそ》れ多きことでござります。これらはみな献上いたします。どうかお許しくださいませ」

ヒトコトヌシの神様はさらに、山中に響き渡る音声《おんじょう》でのたまいました。

「なんじ、この山を二度と荒らすなかれ。この誓いを破らぬならば、われはなんじの世をことほごう。しかし、破ったらば容赦せぬ。われはよきことも悪しきことも一言にて宣《の》り分ける葛城の大神である。二言はないと心せよ。よいか」

そうして、大鹿、軍勢ともども、すうっとお消えになったのです。

その日以降、オホハツセの大王は葛城山を恐れなさり、二度とお足を踏み入れることはなかったそうにございます。

*

それから六年の星霜が移りました。イヒトヨヒメ様は十八となり、におうように美しい女人になりました。

母君のハエヒメ様はすでになく、ヒメは忠節者の葛城のハヤテにかしずかれながら、森の中でひっそりとお暮らしになっておられました。と、言いましても、ただに泣き暮らしていたのではありませぬ。ままならぬ世の中を憂えつつも、いつの日か必ず滅びた葛城の血を再興したい――。そんな夢をハヤテと語りつつ、永らえておられたのです。

六年前に播磨へ逃した弟君たちとは、すでに連絡がついておりました。ハヤテが手を尽くしてかの地を捜しまわり、所在を突き止めたのです。乱のとき四歳だったオケ君とヲケ君も、はや十になっておられました。

けれど、二王子のご無事を公表することは、尚早でございました。いまそのことが知れれば、どのような危難が降りかかるやもしれませぬ。万一の危うきを考え、潜んだ先では召使いの童《わらべ》を装わせ、釜炊きなんどもやらせ、目立たぬように、目立たぬようにさせました。すべてはいつか王子様が大王になられるときのためでございます。

そんなある日、運命の転機がやってまいりました。巷《ちまた》に痘瘡《もがさ》がはやり、オホハツセの大王がみまかったのです。あの猛々《たけだけ》しきおん方にして、やまいには勝てなかった。人の命とはふしぎなものでございます。

暴君が逝去され、ようやくらんまんの春が来た。と――、申しあげたきところでござります。ところが、残念ながらそうはなりませんでした。むしろ、ますますゆゆしき御代となったのです。なぜなら、お跡を襲われたシラカの大王（清寧《せいねい》）が、おん父上に輪をかけて暴虐であられたからです。

この大王は母様からお生まれになったときよりお髪《ぐし》白く、怪異なおかおばせでありました。シラカなるお名前の由来でござります。その恐ろしさは長じるほどに増し、成人されたときには、白髪の鬼のごとくでございました。しかも、お姿のみならずお心のほうも、鬼のごとき殺生を好まれるおん方様であったのです。

妊《はら》み女の腹を裂いて赤子を取り出してみたり、人の生爪をはいで芋掘りをさせたり、奴婢《ぬひ》を高い木にのぼらせ、根元を伐《き》り倒して殺したり、目の前で女を裸に剝《む》いて馬と交わらせたり……。正視に堪えぬなさりようでした。

父君のオホハツセの大王も荒々しゅうあられましたが、暗愚ではありませなんだ。けれども、この大王は違います。むごい行いそのものを愉しんでおられる。解しがたきことであります。

さらに困ったことに、このようなおん方なので、奥方様のなり手がございませぬ。周囲の取り巻きはうわべばかりで、いざわが娘に話が来ると、「残念ながら、すでに縁談が決まっておりまする」と、逃げてしまいます。そのことがまたこの大王の誇りを傷つけるらしく、常軌を逸したおふるまいは、ますますひどうなっていきました。

そんなさなかのことでした。葛城のお山の奥に、とてつもない美女《くわしめ》がおるとの噂が流れはじめたのです。それは、百姓の子でもなく、樵《きこり》の子でもなく、歴とした王族の娘といいます。そうです。ほかでもないわれらがイヒトヨヒメ様のことでございます。これがシラカの大王のお耳に入ったのです。

まもなく、ヒメのもとに、王宮から使者がやってきました。

ヒメは驚愕《きようがく》しました。とんでもない。よりによってなぜわたくしが――。相手はわが父を殺し、わが母の葛城一族を皆殺しにし、一家離散のもとをつくった敵の子です。

なにが悲しうて、そんな男の妻になれましょう。

それに、そのころイヒトヨヒメ様には、できたばかりのよい人がありました。さる大臣の息《そく》で、高い理想を持った、眉目秀麗《びもくしゅうれい》な背《せ》の君でした。からだから血の気の引く思いで、使者のお求めを拒みなさいました。

しかし、シラカの大王は相手の気持ちを重んずるようなお方ではありませぬ。ヒメの応答を聞くや、たけり狂い、恋人のもとへ兵を差し向け、容赦なく八つ裂きにしてしまいました。そして、涙が渇く間もないヒメの屋形に夜這《よば》い入り、わがものになすったのです。求愛などというかわいらしいものではございません。無体な凌辱でございました。

それからしばらく、毎夜のように白髪の鬼の来訪がありました。ヒメは身をちぎって捨てたいほどの屈辱を味わいました。

けれども、幸いなことに、その苦しみはそう長くは続きませんでした。あの雄々しき守護神のシシ神様がお救いくださったのです。

意中のヒメを手に入れたよろこびゆえでありましょうか、シラカの大王は大酒に酔《え》い、従者とともに葛城の山中《やまなか》で浮かれ騒いでおられました。すると、とつぜん巨大な鹿が現れ、突進してきました。大王は逃げる間もなく声をあげる暇もなく、心の臓を鋭い角で一突きされ、お命を落とされたのであります。

史殿、覚えておいででしょうか。かつて葛城のヒトコトヌシの神様とオホハッセの大王が交わされたお約束のことを。あのとき大王は神様に二度と葛城のお山を荒らさぬと誓いました。神様は、その約束が守られている限り、大王の御代をことほぐとお応えになりました。その決めごとが破られた。ゆえにお怒りになったのです。ヒトコトヌシ様は二言はなさらぬ神様でございます。

イヒトヨヒメ様は、ご加護をくださった神様に深く謝意を捧げました。

そして、

「男子《おのこ》など……」

毅然《きぜん》とお心をお決めになったのでございます。

「われは、わが身一つで生きていく」

それからのち、ヒメは終生、夫君を持たれることはありませんでした。二人の弟王子様をわが子のようにいつくしみ、その傅育《ふいく》に人生をまっとうされたのです。

さて、このイヒトヨヒメが大王になられたのかどうかというお尋ねを、厩戸の兄様よりいただいております。

わたくしにはむつかしきことはわかりませぬ。が、正しう申しあげるなら、位にはお就きになっておられぬと思います。しかし、双子の王子様はいまだ十歳であられましたから、少なくとも成人の儀を迎えられるまでは、後見《うしろみ》をしておられたイヒトヨヒメが、仮の大王であったと考えてよろしいかと存じます。

またその年月も、思いのほか長かったのではありますまいか。幼き弟君をお袖の下にかばいながら、ヒメはけんめいに、ここ忍海高木角刺宮で政務をおとりになったのです。そのまつりごとにおいて、ヒメがなによりも心を砕かれたのは、先のオホハッセの大王やシラカの大王の轍《てつ》を踏まぬことでありました。かの御代の対の極を目指すように、多くの臣をお取り立てになり、ねんごろに廟堂に諮《はか》り、みなみなの協調に尽くされました。これによって、乱れていた天の下は少しずつ落ち着いていったのです。

やがて二人の王子様が成長され、まず弟のヲケ君（顕宗）が即位されました。けれども、残念ながらこの君は短命で、わずか三年で没されました。

お跡には、兄様のオケ君（仁賢）が立たれました。この大王の御代は十年ほど栄えました。オケ大王はなにごとも姉君のお志を尊重し、天の下はおだやかに移りゆきました。なれど、やはりおからだはあまりお強くなく、皇女《ひめみこ》ばかり五人を残して逝かれてしまいました。またしても王統の危機となったのです。

イヒトヨヒメはハヤテの翁とともに心を砕き、やがて、ホムダワケの大王（応神）の末裔《すえ》の王子様を高志《こし》の国に見つけました。おん血は五代も降《くだ》っておりましたが、おつむり明晰で、人品にすぐれた、頼もしき若君でありました。ホムダワケの大王はオキナガタラシヒメ様を母様として、ソツヒコの長もねんごろにお仕えした、葛城と縁深い大王です。そこで、よくよく請うてオケ大王の皇女の婿様になっていただき、群臣推戴《すいたい》のもと、大王位におつけしたのです。

これが、ヲホドの大王（継体《けいたい》）でございます。

かくして大任を果たされたのち、イヒトヨヒメ様は大いに安堵して、逝去されたのです。

一方、ヒメの懐刀であったハヤテの翁はもすこし長生きいたしまして、ヲホドの大王のお側で力をつけてゆきました。

翁のお子の韓子《からこ》殿のとき、新たに蘇我の姓を賜り、いまの高市《たけち》の曽我《そが》を本拠とするようになりました。この韓子殿のお子が高麗《こま》殿で、そのお子が馬子の大臣のおん父君、稲目の大臣でございます。さようでございます。かくのごとくして、蘇我の人びとの活躍が始まったのであります。

改めてかえりみますに、ハヤテの翁がなければ、イヒトヨヒメ様のご安泰も、ヲケ君、オケ君の御代もありませせなんだ。まずは功労第一のおん方でございます。

それから最後にもう一つだけ、わたくしがこの翁について想像していることを、申しあげたいと思います。それは、葛城の神様のお怒りに触れ、シラカの大王がみまかられた、あの件でございます。

間違いを恐れずに、申します。イヒトヨヒメ様を犯したシラカの大王の心臓を一突きしたもの。それはシシ神様の角ではなく、ハヤテの翁の太刀だったのではありますまいか。ヒメを救うために振りおろした黒鉄《くろがね》の刃だったのではありますまいか。もしそうならば、ゆゆしきことでございます。けれどもそれをやらねば、この天の下に平和は訪れませんでした。やむをえぬ、正義の鉄槌《てっつい》であったと思います。と、いうことで――、わたくしのお話は以上でございます。つたなき物語をよう聞いていただきました。

さて史殿、もしお元気がありましたら、お帰りの際、この後背のお山にのぼってみられませ。この葛城は青垣《あおかき》山ごもれる大和《やまと》の西の端にございまして、国全体が一望のもとでございます。真東に、畝傍《うねび》、耳成《みみなし》、天香久山《あまのかぐやま》の三つのお山、さらにどんつきに、美しい三輪のお山が望めます。いにしえより大王家の枢要の地として、幾多の宮がいとなまれたわたりでございます。春のもやにかすむ好日には、広大なわたつうみに、点々と小島が浮かんでいるように見えたりいたします。

もしかすると、この葛城はそもそもの始まりから、それらの王宮を見守り、かしこき方々を脇からお支えする使命を持って生まれてきたのかもしれませぬ。

いまわたくし、このような身となりまして、その眺めを見ることもかなわぬようになりました。せっかく恋《こ》い恋うたふるさとに戻りましたのに、口惜《くちお》しきことにございます。

四・高天原

相変わらず、しゅんしゅんと、うるさいくらい蟬が鳴いている。

「……という次第でございます」

史の龍が一礼したのと同時に、身じろぎもせず聞き入っていた大臣《おおおみ》馬子が、呪縛から覚めたように腕組みをほどいた。

「う、む……」

感極まった声音である。

「なかなか興でありましたろう」

にわかには言葉が出ぬらしき大叔父に向かって、厩戸皇子は笑いかけた。

あの高熱の日から十日ほどたった。が、おのれはまだ臥処《ふしど》にいる。あと一息のところで不調が抜けず、脇息に凭れながらの、うっとうしい日々である。

「まさに」

馬子はふたたび唸《うな》った。

「ほかならぬわが父祖にそのようなことがあったとは。無知とは情けなきものですのう。正直申して馬子、今日の今日まで、わが蘇我については曽祖父の韓子までしか知りませなんだ」

「いやいや」

厩戸が遮った。

葛城一族は大王《おおきみ》の勘気《かんき》をこうむって衰亡したのだから、残党も世をはばかったであろう。委細が伝わっておらぬでも、それほどふしぎはない。

「吾とて同じです」

厩戸にも、初耳の話だった。

「皇子にしてさようか。ならば、馬子もそう恥じらわいでもよろしいか」

「よろしいとも」

部屋の隅から、龍もこく、こく、と同意の顔を揃えている。

馬子は「それにしても——」と、続けた。

「いささか鼻が高《たこ》うございまする。わが父祖もなかなかようやった。いや天晴《あっぱ》れ」

大きな腹をはっはと揺すった。

厩戸はその姿をほほえましく眺めたのち、「で、大臣よ——」と、改まって呼びかけた。

「はい」

脇息を離し、しずかに背を直した。

「くだんの国史のことである」

とたん、馬子の瞳が期待の色に輝いた。

「おお……、お待ちしておりました」

それが本題である。そのために、旧族の元斎宮から長い長い聞き取りをしてきたのだ。

馬子は神妙な猪のようにいかつい体軀をきりっとひきしめた。

その大叔父に向かって厩戸はすう、と一つ大きく息を吸った。

「では――」

と、話しはじめた。

「先般、吾は、わが大王家の祖神《おやがみ》を女神として描きたしと申しあげた。覚えておられるか」

「もちろんです」

「その女神には、アマテラスオホミカミ様、という御名《みな》を、いま、仮に考えております」

「ほう……、アマテラス、オホミカミ様。珍《めずら》かにして、おごそかなお名前じゃ。光り輝くようでありますな」

厩戸はうなずいた。われながらよい名だと思う。

「で、ひさかたの雲井《くもい》の彼方に、このアマテラス女神を頂として、あまたの神々が集う高天原という世界を描こうと、吾はずっと思うておった。だが――」

　言葉を切った。

「だが？」

「酢香手姫の話を聞いて、ちっとばかし改めたきことができました」

　馬子のひげ面の中で太い眉がぴくりと動いた。

「ほう、どのあたりを」

「神々同士《どち》のかかわりというか、相互のあり方というか、そのあたりを――」

　厩戸は両のひとさし指を立て、ちょん、ちょん、と交互にかけあわせた。

「もともと、吾はその女あるじ様には、圧倒的に尊く、高く、霊妙《くしび》の力に満ちたおん方になっていただこうと思うておったのです。けれどもそれは誤りであった。いや、誤りと言うては言いすぎか。威厳と光輝は持っておっていただかねば困る。しかし、この神一人が抜きんで、その他は地べたに平伏すような形ではいかぬのです。なんとなれば、オオハツセの大王やシラカの大王は、まさしくそれによって破綻したのであるから」

「なるほど」

「この広き天の下を見渡せば、そうしたありかたもないわけではありませぬ。韓土にも、その向こうの国々にも存します。鋭き槍のようにいみじう突き出た力によって、全体をまとめていくやり方です。しかし、われらの伝統はそうでない。

それぞれの国に、それぞれの気象というものがあります。他の国は知らず。われらには、われらにふさわしき色がある。それは、一つの言葉にて集約できると、吾は思うておるのです」

「一つの言葉——」

馬子の瞳が、興味しんしんの色に染まった。

「そは、いかなる？」

片隅から、龍も熱いまなざしを投げている。厩戸は両の聴衆に順々に、すっ、すっ、とこうべをめぐらせた。そして、水面《みのも》に小石を投じるように、ひとこと放った。

「和、でござる」

「和——」

「——で、ありまするか」

龍と馬子が、半々に言葉を継ぎあった。ただ一音の言葉を、みなが舌の上で転がすようにした。

厩戸は、双方に笑みを配った。

「さよう。和をもって貴《とうと》しとなせと、かの孔子の書も教えておられる。吾はいましみじみとそれを感じておるのです。

われら倭国《やまと》のまつりごとは大王一人ではなく、あまたの人びとの調和によって成り立っております。氏族相互の和も肝要。官吏の和も肝要。王族内の和も肝要。もっといえば、敵対し、降《くだ》した相手との和も肝要。それこそが、われらの世が平らかに治まる要諦《ようてい》でありましょう。

わが倭国のこんにちまでの歩みをおもんみると、必ずしもいかつき武勲《いさおし》の大王のみが栄えたわけではない。むしろきゃしゃな大王がよき協賛を得てこそ、大難を乗り越えたりしておる。ではなかろうか、船史よ」

急に水を向けられた龍は、どぎまぎしながら「たしかに――」と返した。

「さようかもしれませぬ。赤様のホムダワケの大王の例《ためし》がござります。こたび伺うたオケ、ヲケの大王の例もござります。赤子の王、幼き王であられるゆえに、後見の方々がかえって一つにまとまられるのでしょう。今上《きんじょう》もしかりかもしれませぬ。手弱女《たわやめ》の大王であられるからこそ、かえって天が下は芳《かんば》しいのかも」

厩戸が「それだ」と、満足げに引き取った。

「ゆえにこそ、吾はひさかたの高天原に、そんな和のありようを描いてみたいのです」

少し身をよじり、かたわらの備忘録にちら、と目をやった。

「中心となるアマテラス女神のまわりには、異なる役割を持った脇侍《きょうじ》のごとき神々をたくさん配し、それぞれに、それぞれの色で働いていただく。彼らは現今、主だったる氏族の祖神じゃ」

二人の聞き手がうん、うん、とうなずく。

「過去に大王家が戦《たたこ》うた敵も、重き役どころとして登場さしてみたい。それは、出雲《いずも》の人びとがよろしかろうと思う」

龍が「おお――」と声をあげた。馬子に向かって補足した。

「いにしえのミマキイリヒコの大王（崇神《すじん》）の御代に、大王ご秘蔵の巫女様と出雲の王子様とが愛憎を繰り広げた伝えがございますのです」

「ほう、それは興味深い」

諾った馬子に、厩戸は「それから――」と、たたみかけた。あごひげをいじりながら、ゆっくりと二つ、まばたきをした。

「ここからがまた、だいじなところ」

「心して承ります」

馬子は分厚い胸を張った。

厩戸は、一息に言い切った。

「高天原の女神のおそばには、優秀な宰相に侍《はべ》っていただく」

馬子の面《おもて》にみるみる血の気がのぼった。毛深い両のこぶしで両膝のあたりをぎゅう、と握った。

「それは、この馬子めのことでござりまするか」

両の眼《まなこ》が熱を帯び、異様に輝いている。

厩戸はこくりと肯《うけが》った。

「こう言うては弊《へい》があるやもしれぬが、大王の名を持つお方は、いたずらに現世《うつしよ》のまつりごとなどとられぬほうがよいのだ。大王には、そうしたこまごまを超越した、輝かしい徴《しるし》として存していていただきたい。それこそが、よき分かちあいというものであり、和につながるあり方である。

イヒトヨヒメにはハヤテという宰相がついておった。オキナガタラシヒメにはソツヒコの長という宰相がついておった。今上のカシキヤヒメ様には、嶋大臣がついておる。しこうして、高天原のアマテラス女神にも、抜群の知略を持つ宰相についていただく。それは、葛城の神である。蘇我の祖である葛城の神に、その役目をはたしていただきます」

「なんと——」

馬子の肉づきのよい頬が、はちきれんばかりに張った。

「晴れがましき」

が、次の瞬間、しかし——と、かすかに瞳を翳《かげ》らせた。

「なにか」

厩戸が首をかしげた。

馬子は深く腕組みした。老練の政治家は、つむりの回転が速い。

「この国史、完成の暁にはそうとう注目を集めましょう。みなみな、おのれの祖先の描かれ方に気を尖らせましょう。ねたみそねみする者も現れましょう。蘇我より古き由緒を持つ氏族は、あまたございます。われとわが蘇我が出る杭《くい》になりますと、かえって群臣の和を崩すことになりはいたしませぬか」

厩戸は感心した。さすがは石橋を叩《たた》いて渡る大臣である。

「それは、吾も考えた。たしかに、アマテラス女神の宰相が葛城のヒトコトヌシ神であるとは、あからさまに申さぬほうがよいだろう。こういうことは、つけいる隙《すき》を与えぬのがかんじんだ。そこで、じゃ」

「はい」

「この神様は桂の高き梢《こずえ》を栖《すみか》となす、シシ神様であられたよな」

厩戸の脳裏に、黒々と光る、大樹の枝のような双角が映っていた。孤高の女王、イヒトヨヒメの忍海高木宮を守護した神。

「雄々しく賢き、高木の神様――と言うてはいかが」

「おお」

馬子の瞳がふたたびらんらんと輝いた。

「同意でございます。わからぬ者にはけっしてわからぬ。しかし、わかる者にはきわめてようわかる。絶妙なさじ加減でございます」

紫冠《しかん》の頂を見せて、深くこうべを垂れた。

厩戸が続けた。

「神代《かみよ》における格別な位置づけはそれとして、人の世における蘇我の祖も、どこぞの大王の枝葉などに、凡凡《ぼんぼん》にもうけるのがよかろうな」

「さようでありますな。むしろ凡凡がよろしいと存じます」

厩戸はさらに、わが備忘録の後ろのあたりをはらっ、と開いた。

「それから、あと一つだけ」

あごひげをいじった。

「天上の神の子が地上に降《くだ》り、現世《うつしよ》の大王となるところだが——」

「それまた、肝要なくだりでありまする」

馬子がうなずいた。太った首元が二重になる。

「はじめ吾はアマテラス女神の御子に、地へ降っていただこうと思うていた。しかし、もうちと幅を持たせるべしと思い直しました」

厩戸は一刹那、沈黙した。

「そはまた、なにゆえに」

「カシキヤヒメ様の二人の皇子が、すでにみまかられておるからです。次の大王は吾の子山背だ。そのあたりの感じは、なんとなく趣《おもむき》を揃えておいたほうがよろしかろう」

「なるほど、合点《がてん》であります。で？」

馬子のひげ面が結論をうながす。

「地上へ降るのは、アマテラス女神の孫君とする。その天孫《てんそん》の君は――」

厩戸はまた一刹那、間を置いた。そうして、むしろさらりと言い切った。

「アマテラス女神の王子と、高木の神の娘とのあいだに生まれた王子、としてみようかと」

馬子があぐらの腿を打った。ぱしん、と大きな音がした。

「よろしゅうございます」

山背大兄王《やましろのおおえのおう》は、厩戸と馬子の娘、刀自古郎女《とじこのいらつめ》とのあいだに生まれた王子である。

「だろう」

厩戸はニッと返した。

「高木の神には娘だけでなく、息子も持っていただく。息子殿には天孫の宰相として、ともに地上へ降っていただこう」

こちらは馬子の息、蝦夷《えみし》の寓意《ぐうい》である。

馬子がもう一度、分厚い腿を打った。

「ますますよろしゅうございます」

と——そのとき、屋形の奥で童の甲高《かんだか》い笑い声があがり、ぱたぱたと廊を駆ける音がした。厩戸、馬子、龍が揃って振り返ったのと、部屋の入口にくだんの山背大兄王が立ったのが同時だった。

片手に長男の難波《なにわ》王子の手を引いている。その後ろに二人の女官が従っている。一人は先月生まれたばかりの弓削《ゆげ》王子を腕に抱き、いま一人はしゃがんで、見るから駄々っ子の次男の麻呂子《まろこ》王子をあやしている。

「大臣、おいでであったか。気がつかいでご挨拶もせず、失礼申しあげた」

馬子に向かって礼儀正しく頭を下げた。

「これは、若君」

山背はすらりとした長身の美男である。馬子は顔じゅうを皺《しわ》め、人が変わったような好々爺《こうこうや》になった。

馬子は山背が生まれたときから、目に入れても痛くないほどかわいがってきた。馬子にとって山背は希望のかたまりなのである。

いたずら盛りの二人の王子が、「じじの大臣！」と駆け寄り、競うように背と膝に飛びついた。希望から生まれた子たちは、もっとかわいい。

「あそぼう、ねえ、あそぼう、じじの大臣」

濃いひげを引っ張り、袍の長紐にじゃれつく。

「おお、おお、元気な若々君らじゃ」

じじの大臣は犬の仔か猫の仔《こ》でもあやすように、両の腕に曽孫を抱えて振りまわした。幼児は歓声をあげ、ますますからみついた。山背が「こら、やめんか」とたしなめるが、耳に入らない。

馬子は、二つの愛らしい丸顔にひげ面を寄せた。

「そんなら、ちとおんもにご相伴《しょうばん》いたしますか」

山背が苦笑した。

「申し訳ない」

続いて、厩戸をかえりみた。

「父上、お仕事のほうは、もうよろしいか」

厩戸はほほえんだ。

「ああ、大臣にはそろそろ息抜きしていただこうと思うておったところだ」

そして、馬子に向かって、「では、続きはまた改めて」と、締めくくった。

馬子は「承知でござります」と一礼し、「さあ王子、こう、乗りたまえ」。弟の麻呂子王子にくるりと背を向け、兄の難波王子は「若君、お願いします」と山背に託し、楽しげに廊の奥へ消えていった。

厩戸はにぎやかな一行を見送ったあと、なんとなく大きな荷を下ろした気分になった。

ほっと息をつきながら、わが史と目を交ぜあった。

＊

相変わらず、蟬がうるさいほど鳴いている。

大兵の人が一人減ると、病室は驚くほど広くなる。あとに残った温気《うんき》を見えぬ夜具でもまとうように感じながら、厩戸皇子は脇息に凭れた。

備忘録をはらり、はらり、とめくった。

えんえん語ったつもりなのに、語り損ねた構想がずいぶんあった。

――ああ……。

忘れたな。

あのこととか、このこととか。

たとえば皇祖の女神などが現れる前の、そもそもの乾坤《あめつち》の創始のこと。厩戸はそれを、いつか淡路《あわじ》の島で聞いた、イザナキ、イザナミなる神の伝えに沿うて描いてみようと思っていた。遥かなわたの原を夫婦神がこをろ、こをろ、と掻き混ぜ、この倭国《やまと》の祖形《もと》をつくっていく。とてもおもしろかった、あの話。

また、出雲の者たちから聞いたいろいろの昔話もあった。それらは、高天原から天孫が降る以前の、国《くに》つ神《かみ》によるおさない国造りにふさわしかろうと考えていた。それも話しそびれた。

あのこととか、このこととか。

ずいぶんあったな。

撥《は》ねあげた小窓をなんとなく眺めた。

四角く切り取られた空は、すでに墨を含んだ薄紫色に変わっている。一日花の槿花《きんか》も、うつむき加減にしおれている。いつの間にか夕暮れが近づいているらしい。

井戸の底に吸い込まれるに似た心地になりながら、まあ、よいわ、どうせまだ決めかねていることがたくさんある――と、備忘録を閉じた。

龍がさっと寄りきたり、おかたづけいたしましょう、と言う。

「頼む」

取り散らかしたかたえに顔を向け、文房《ぶんぼう》の具や資料をちょい、ちょい、と目で示した。

「かしこまりました」

勝手知ったる配下はてきぱきと作業をすすめつつ、「皇子」と、目尻を下げた。

「ほんじつは、ようござりましたなあ」

「なにがじゃ」

「いえ、馬子の大臣が――」

戸外から、先ほど出ていった馬子と王子らの弾けるような笑い声が聞こえている。

「かくもおよろこび。それがし初めて拝見いたしました」

「ああ」

先ほどの大叔父の表情を思い出した。

「大臣ばかりでなく――」

人のよい丸顔に、さらに楽しげな笑みがのぼった。

「お話をお聞かせくださった酢香手姫様も、どんなにかおよろこびになりましょう」

――酢香手姫か。

そう言われて初めて、葛城の忍海に棲《す》んでいる、まだ見ぬ妹のことを思った。

「そうだな」

そういえば、あれは言うていたっけ。葛城のお山から大和の国を見晴るかすと、畝傍、耳成、天香久山がもやに霞んで、広大なわたつうみに小島が浮かんでいるかのように見ゆる――と。

もし高天原から地上を見下ろしたなら、葛城から望む大和の眺めに近きものがあるのかもしれぬな。

厩戸はさらに、妹が三十余年を過ごした伊勢での日々に思いをはせた。かつて、日の神の妻モモソヒメは三輪の山中で夫の着る衣を織っていたという。それと同じように、妹も伊勢の森の中で、スー、トン、ツー、トン、機《はた》を織りながら暮らしていたのだろうか。

そのとき、ふっ、と小さな不審が胸にきざした。

「そういえば、龍」

わが史に問いを投げた。

「伊勢のお社はいま、いかがなっておるのか。酢香手姫が役を退《ひ》いてのちは、たれが?」

「おお、そうでありました、本件とはかかわりなしと思うて、ご報告しておりませなんだ」

部下は悪びれもせず、にこ、とした。

「お跡の斎宮様は選ばれぬそうでござります。カシキヤヒメの大王がかく命じられたそうで」

斎宮不在?

ますますひっかかった。

「そは、いかなる由《よし》で」

素直な史はさしたる疑問もなげに応答する。

「大王ご自身が、女人であられるためのようでござります」

まだ釈然としない。

「というと？」

「はい、斎宮様は日の神様のおきさき様でありまする。ゆえに、日の神様の末裔《すえ》たる大王のことも、夫君に準じるおん方としてことほがれます。しかし、いまの大王は女人であられるので、なんとなく妙な具合でございます。カシキヤヒメ様もそのように思われましたようでございます。

酢香手姫様も言うておられました。初めて斎宮様になられたころは、タチバナノトヨヒの大王（用明）、ハツセべの大王（崇峻）と、男の大王であられたので、なんのふしぎもなかったそうでございます。が、カシキヤヒメの大王が位に就かれ、その御代が長うなるにつれて、齟齬《そご》の感じが増していったそうでございます」

「ほう」

部下はくったくなく続ける。

「そういえば、そのこともあって、伊勢のお社ではさいきん、日の神様とともに、その妻たる歴々の巫女様をも、神様としてあわせお祀りするようになっておるとか」

——え。

なにか盲点を突かれた。

——女人の大王と、日の巫女神……。

——すでに存在しておったのか……。

いちばん乗りしたはずなのに、先《せん》を越されていたような気がした。あるいは、おのれの考えとはまったく別のところから思わぬ相手がやってきて、出会い頭にぶつかったような。

そうしてまた、ハッとした。王宮の諸事の中でも、神祇のことには大王しかかかわっておらぬのだ。であるとすれば、ずっと以前から、カシキヤヒメと酢香手姫は親しかったのだろうか。同じ葛城の血を引く女として。

酢香手姫から聞いたイヒトヨヒメの伝えが、にわかにカシキヤヒメの趣《おもむき》と絶妙に符合しているように思えてきた。巌のような意志をもって数々の不幸を乗り越えた、孤高の女王。あれは、そもそもカシキヤヒメの大王を意図した話であったのか？

よくわからなくなった。

——ものを語る者は、おのれの利からしか語らぬ。

おのれが常から言っていた口癖を思い出した。そうだ、それが理《ことわり》ではないか。

老いてなお美しく、賢く、どこかつかみどころのない叔母のかおばせが、脳裏に浮かんだ。白い襲《かさね》の衣、白い領巾《ひれ》、白い裳《も》、水晶の首飾り、銀色の髪に、白金の髪飾り。白く眩むほど照り輝く、この倭国の日の女神。

すうっと心が冷えた。目の奥が気味悪く揺れ、しばらくおさまっていた眩暈がした。

いかぬ。落ちつかなければ。

身のまわりをせっせと片づけているしもべに呼びかけた。

「龍よ」

「ちと横になる」

「おお、そうなさいませ。お疲れでありましょう」

素朴な史はなにも気づかず、掛け衣の皺をはた、はた、と伸ばし、仰臥《ぎょうが》を手伝ってくれた。それから、枕のところに日の光がかかるのを見とがめ、

「まぶしゅうござりませぬか。板戸を少し閉《た》てましょう」

窓辺へ立った。

ぎいっと、撥ねあげ戸がきしんだ。

とたん、わあああん……、おおおおん……、と、激しい童の泣き声が飛び込んできた。

「おや――、王子様が？」

龍が閉めかけた手を止め、表を覗いた。

おお、よしよし、と女官の優しい声がする。けれども泣き声はやむことなく、むしろ他の王子もつられたらしく、火のついたような三人の大合唱となった。

＊

わあああん……、おおおおん……。

わあああん……、おおおおん……。

あの泣き声は、どこかで聞いたことがある。不穏な、そして、恐ろしい――。

次の瞬間、まぶたの闇の奥に、どん！　と修羅の劫火が現れた。

青い色のいくさ衣を着た軍勢が、怒号と喚声をあげながら、どこかの屋形を取り囲んでいる。異様な熊のような大将が、行けい！　突っ込めい！　と三日月の穂の大槍をふるっている。人びとが泣き叫び、逃げ惑う。翁、媼、童、赤子を抱いた母親。

メリメリッ、ミシミシッ！　となにかが倒壊する音が響き、旋風とともに、目の前の火焔《かえん》が左右に割れた。とたん、見覚えのある塔と仏堂があらわになった。

ギョッとした。

――ああ……。

なぜ気がつかなかったのだろう。

焼き討ちされているのは、葛城ではない。ツブラの大臣の屋形などではない。飛鳥の都でもない。この斑鳩《いかるが》ではないか。

メリメリッ、ミシミシッ！　パァンッ、パァンッ！

ふたたび倒壊音が耳をつんざき、激しく火花が炸裂した。そして、眩んだ目の奥に、世にも忌まわしいものが映った。

黒焦げの骨組みのみとなった屋形の梁に、猪の死骸みたいなものがずらりとぶら下がっている。違う。猪などではない。縊《くび》れて丸焼けになった人間だ。あれは吾と山背と、子供たちか？　では、われらを攻めているのは、いったいたれ？

わあああん……、おおおおん……。

わあああん……、おおおおん……。

がば、と跳ね起きた。

「どうなされました、皇子」

龍が驚いたように窓辺から振り返った。

あわてて寄ってこようとするのを「なんでもない」と制し、横になった。

目を開けたとたん、恐ろしい情景は消えた。が、真夏なのに鳥肌が立つほど寒かった。

衣を頭から引きかずいた。

――これは……。

――なんの凶兆であるか？

気がつけば、戸外の泣き声はすでに止み、楽しげな歓声に変わっていた。その声を聞きながら、厩戸は初めて、おのれのこの宮があんがいな大所帯であることを自覚した。もともとは世捨て人のような気分でつくった住まいだった。それが、いつの間にか妻が増え、子が増え、孫が増え、舎人《とねり》が増え、女官が増え、僧が増え、学生《がくしよう》が増え、いまはそこそこにぎやかな苑《その》となっている。

ここに比すれば、飛鳥の小墾田宮《おはりだのみや》は静かであろう。人の退いた夜などは、森閑として物音一つせぬであろう。

その静寂《しじま》の中から、端正な老女王がすっ、とこちらを見た。氷を鑿《のみ》で削ったような、ゾッとするほど冷たい相貌であった。

なぜだ。

おのれは叔母と敵対したことなど一度もない。なのに、この不吉な感じはなんだ。

嫉妬？　この斑鳩のぬくもりを、じつはよう思うておられぬ？　吾が妻、子らとむつまじいから？　そんなことがあるだろうか。あるいは、母者《ははじや》のことか？

母間人はかつて姉に烈しい敵愾心《てきがいしん》を燃やしていた。それと同じような思いを、じつは姉のほうも抱いていた？　そんな……、あれほど賢明な大王が？

ああ、だから女人は得体が知れぬのだ。

だしぬけに衣擦《きぬず》れと柔らかな花のようなにおいが立ち、「わが君様は？」と、声がした。

菩岐々美郎女《ほききみのいらつめ》だった。
龍が「ようおやすみでございます」と、小声で応えた。
「そうですか」
なにやらなごやかな会話がはじまった。
しだいに沈んでいく意識の底で、二人の話し声を切れぎれに聞きながら思った。
吾の仕事は終わらぬ。この国の創始の物語は、まだまだ練らねばならぬ。
しびれたような心で、繰り返し思った。

附　記

半年後の翌年二月、厩戸皇子はやまいの悪化により、世を去った。

二年間心血を注いだ国史は、完成しなかった。そして、四年後にもう一人の推進者であった蘇我馬子が没するにいたって、完全に頓挫した。これが、幻の史書といわれる『天皇記《てんのうき》・国記《こつき》』である。

厩戸皇子の死に関しては、いくつかの謎がある。

その看病をしていた妻の菩岐々美郎女が、わずか一日違いで寄り添うように亡くなった。また、厩戸の墳墓には、菩岐々美郎女のみならず、前年に没した母間人太后もともに葬られた。厩戸の遺志ではなく、埋葬の形を決めたのは、女王カシキヤヒメであった。

そのカシキヤヒメは、厩戸に遅れること六年でみまかった。おおかたの予想に反して、自身の後継には、山背大兄王を望まなかった。かくして厩戸の望みも馬子の夢もついえ、位には蘇我でも葛城でもない田村皇子《たむらのみこ》（舒明《じょめい》）が就くことになった。

それから十四年後、時の宰相、蘇我入鹿《いるか》が山背大兄王と敵対し、斑鳩宮を襲った。山背をはじめとする一族は皆殺しにされ、厩戸皇子の上宮王家は絶えた。

またさらに数年後、中大兄皇子《なかのおおえのみこ》の政変が起こり、蘇我宗家も滅びた。

しかし、未完の史書は失われなかった。編纂にあたっていた船史によってひそかに守られ、五十有余年ののちにふたたび国史——『古事記』や『日本書紀』——が編まれるとき、大いなる祖型となったのである。

とはいえ、そのころには高木の神のなんたるかは忘れられていた。蘇我称揚の念も、葛城称揚の念も捨て去られた。

一方で、この倭国《やまと》の大王の祖神《おやがみ》は天上に輝く女神であるということだけは、既定の要素としてえいえいと受け継がれていったのである。

主要参考文献

西宮一民校注『古事記』（新潮日本古典集成）新潮社、一九七九年

小島憲之、直木孝次郎、西宮一民、蔵中進、毛利正守校注・訳『日本書紀①②③』（新編日本古典文学全集）小学館、一九九四〜九八年

西郷信綱『古事記注釈（第一巻〜第八巻）』ちくま学芸文庫、二〇〇五〜〇六年

三浦佑之訳・注釈『口語訳　古事記（神代篇、人代篇）』文春文庫、二〇〇六年

岡田精司『古代王権の祭祀と神話』塙書房、一九七〇年

大山誠一『〈聖徳太子〉の誕生』（歴史文化ライブラリー）吉川弘文館、一九九九年

上原和『聖徳太子』講談社学術文庫、一九八七年

吉村武彦『聖徳太子』岩波新書、二〇〇二年

倉本一宏『蘇我氏――古代豪族の興亡』中公新書、二〇一五年

水谷千秋『謎の豪族　蘇我氏』文春新書、二〇〇六年

三浦佑之『古事記のひみつ――歴史書の成立』（歴史文化ライブラリー）吉川弘文館、二〇〇七年

三浦佑之『古事記を読みなおす』ちくま新書、二〇一〇年

仁藤敦史『女帝の世紀――皇位継承と政争』角川選書、二〇〇六年

武澤秀一『伊勢神宮の謎を解く――アマテラスと天皇の「発明」』ちくま新書、二〇一一年

筑紫申真『アマテラスの誕生』講談社学術文庫、二〇〇二年

土橋寛『古代歌謡論』三一書房、一九六〇年
藤堂明保、竹田晃、影山輝國全訳注『倭国伝――中国正史に描かれた日本』講談社学術文庫、二〇一〇年
佐伯有清編訳『三国史記倭人伝　他六篇――朝鮮正史日本伝1』岩波文庫、一九八八年
鶴見泰寿『古代国家形成の舞台・飛鳥宮』（シリーズ「遺跡を学ぶ」）新泉社、二〇一五年
国立歴史民俗博物館編『倭国乱る』朝日新聞社、一九九六年
大阪府立近つ飛鳥博物館編・発行『ヤマト王権と葛城氏――考古学からみた古代氏族の盛衰』二〇一四年
大阪府立近つ飛鳥博物館編・発行『百舌鳥・古市の陵墓古墳――巨大前方後円墳の実像』二〇一一年
葛城市歴史博物館編・発行『忍海と葛城――渡来人の歩んだ道』、二〇一二年
奈良県立橿原考古学研究所附属博物館編・発行『古代葛城の王――王をささえた技術者集団』一九九五年

解説

北上次郎

周防柳『余命二億円』が素晴らしい。いま書店でこの文庫本を手に取り、巻末の解説を立ち読みしている読者が勘違いしないように最初に書いておくが、本書は『高天原――厩戸皇子の神話』の文庫化である。『余命二億円』の文庫化ではない。ではなぜ、本書と全然関係のない『余命二億円』の話から始めるのか。

少しだけ遠回りをする。周防柳は『八月の青い蝶《ちょう》』で、第二六回小説すばる新人賞を受賞してデビューした。二〇二一年の『身もこがれつつ　小倉山の百人一首』まで、八作を上梓《じょうし》している。八年間で八作だから、堅実な歩みと言っていい。二〇二一年八月現在の著作リストを掲げておくが、このリストには大きな特徴がある。現代小説と、それ以外の作品がちょうど半々なのだ。それ以外、とは妙な言い方になるが、具体的に言うと②⑤⑥⑧がそれにあたる。⑤⑥はともに飛鳥《あすか》時代を描いているので、古代史小説と言えるけれど、残り二編、つまり②⑧は平安時代が舞台なのだ。古代史小説とはやや言い難い。しかも②『逢坂《おうさか》の六人』が平安前期、『身もこがれつつ　小倉山の百人一首』が平安後期だから（紀貫之《きのつらゆき》の生きた時代と、藤原定家《ふじわらのていか》の生きた時代では、同じく平安時代といっても三〇〇年ほど違う）はたして同じ時代と言っていいのかどうか。この四作で時代背景がもっとも異なるのは⑥と⑧で、この二作の間には、六〇〇年ほどの差がある。つまり、②⑤⑥⑧の四作を総称する名称がないのである。「現代小説」と「それ以外」としか言いようがない。

私が初めて読んだ周防柳の作品は『蘇我《そが》の娘の古事記《ふることぶみ》』で、それまでこの作家の作品を読んでいなかったことは、『逢坂の六人』の文庫解説に書いた。『蘇我の娘の古事記』でぶっ飛んで、あわてて『逢坂の六人』を読んだ経緯はそのときに書いたので、ここで繰り返さない。その後、本書『高天原――厩戸皇子の神話』を読み、『身もこがれつつ小倉山の百人一首』も堪能《たんのう》したことは言うまでもない。

①『八月の青い蝶』　二〇一四年集英社→二〇一六年集英社文庫
②『逢坂の六人』　二〇一四年集英社→二〇一七年集英社文庫
③『虹』　二〇一五年集英社→二〇一八年集英社文庫
④『余命二億円』　二〇一六年角川書店→二〇一九年角川文庫
⑤『蘇我の娘の古事記』　二〇一七年角川春樹事務所→二〇一九年ハルキ文庫

⑥『高天原――厩戸皇子の神話』 二〇一八年集英社→二〇二一年集英社文庫
⑦『とまり木』 二〇一九年小学館
⑧『身もこがれつつ 小倉山の百人一首』 二〇二一年中央公論新社

しかし、飛鳥時代の二作、平安時代の二作を読んではきたものの、現代小説を未読であることがずっと気になっていた。著作の半分を占める現代小説を未読のままでいいんだろうか。これでは周防柳を理解しているとは言い難いのではないか。機会があったら読みたいと思っていたが、今回本書の解説の依頼を受けて、おお、読むならいまだ、と①③④⑦を読んでみた。

こういう場合は、せっかく読んだのだし、その四作を等しくレポートするのが筋だろうが、それらがどういう小説なのか、そういう内容紹介は情報が発達している現代、あまり意味がないと考える。強く印象を受けたものだけを、四冊分の熱量をこめて語りたい。それが『余命二億円』だ。

他社の文庫に入っている作品をそんなに強くすすめていいのか、という意見もあろうが、飛鳥時代と平安時代の四作しか知らない読者がこれを読むと驚く。周防柳という作家の奥行きの深さと鋭さ、その才能の力強さに深い感銘を受けるに違いない。

『余命二億円』は、家族小説だ。工務店を営んでいた父親の葬式の場面から始まる。父親は車に撥《は》ねられたのだ。語り手は息子の次也《つぐや》。事務機器のデザイナーで、会社にも仕事にも満足している。それに対して兄の一也は、人材派遣会社を立ち上げたり、いろいろな事業に手を出して、そのたびに失敗したりしている。で、話は父親が死ぬ前の回想で進んでいくのだが、損害賠償や生命保険など、父親の延命治療をしなければ、すべてひっくるめて総額二億円が転がり込む、と兄が言うのだ。だから、そういう段階になったら、そちらの道を選ばないか、と兄は提案する。一億円ずつわけようと。

この兄貴の造形が、まず素晴らしい。天性の嘘《うそ》つきで、これまで何度も次也は振り回されてきた。ところが全然憎めないのだ。そういう一也のキャラクターが全開している。次也にとっての一也は異父兄で、そのあたりに屈折した兄の心情もあったりするが、幼いころから現在まで仲が悪かったわけではない。女性にモテる兄が、そういう機会を与えてくれたことまである。さらに、一也の一人息子湘《しょう》が腎臓病で人工透析を続けていること。父親の腎臓をもらうまでは次也も人工透析をしていたので、その辛《つら》さがわかること。一也の妻玲子が「助けてくれない？」と妖しく迫ってくること――そういう幾つものことが複雑に絡み合い、意外な方向に転がっていくラストもいい。普通の相続争い小説かと思って読み進むと、全然違う物語が現れるのだ。そのことの驚きと喜びに包まれるのである。この小説が上梓されたのは二〇一六年。新刊のときに読んでいれば、その年のベスト3には選んでいただろう。勉強不足で申し訳ないと猛省している。ちなみにその年の私の一位は、森絵都『みかづき』だ。つまり、周防柳の『蘇我の娘の古事記』や『逢坂の六人』はホントに素晴らしいが、この作家の才能は、そういう飛鳥時代や平安時代を描いた作品だけでなく、他にもあるということだ。そちらの面が見逃されているのはもったいない、と思うのである。いや、見逃していたのは私だけなのかもしれないが。

というわけで、『高天原——厩戸皇子の神話』である。幻の史書「天皇記」「国記」を作る話だ。これらは古事記のもとになったとされる史書なので、時代背景は『蘇我の娘の古事記』よりも五〇年ほど前のこと。すなわち、これまでではいちばん古い。

蘇我馬子から「国史を作りたい」と言われた厩戸皇子が、部下の船史龍を呼び出して、歴史の調査を命じるシーンから始まっていく。その船史龍の調査報告は、「アマテラスオホヒルメ」「おのごろ島のいざない神」「日出ずるところ磐余の天子」「葛城の高木の神」という四編で語られていくので、中編連作の趣がある。

たとえば第二話「おのごろ島のいざない神」は、淡路では男女一対の神をあがめていて、その二神がこの世の始まりを作ったと伝えられている。イザナキ、イザナミという神だというのだが、その神話を調べてまいれと厩戸皇子から船史龍が命じられ、淡路に赴く話である。現地の翁《おきな》を訪ねると、「ここは島の新婚の祝い場でござりまする。昨日やつがれの縁の者の宴がござりまして、ちょうどようござりました。これをばご覧いただくと、話が早《はよ》うございます」と小屋に案内され、そこに現れる幼き子が無性に可愛《かわい》く、『逢坂の六人』に登場する十二歳の紀貫之の可愛さを思い出すが（本書の第三話「日出ずるところ磐余の天子」で、弟の来目皇子が幼いころ、厩戸皇子が訪ねていくとそのたびに犬の仔《こ》みたいに飛んできて、あにうえ、あにうえ、と腰にまとわりつくシーンもわすれがたい。こういう幼子の描写が周防柳はうまい）、それはともかく、こうして船史龍は各地を歩いて神話伝承を集めまわる。

厩戸皇子が置かれた状況を背景に（それは覇権争いからいかに身を引いたままでいられるかという皇子の戦いでもあった）、愚かな者のおかげで来目皇子が死んでしまう悲しみが情感豊かに描かれることも急いで書いておきたい。船史龍に命じた調査を通して厩戸皇子が何を感じ取ったのか、その結語は、ここにあえて書かないでおきたい。最終話「葛城の高木の神」を静かな気持ちで読み終えたことを書くにとどめておく。

（きたがみ・じろう　文芸評論家）

初出
「アマテラスオホヒルメ」「おのごろ島のいざない神」
　集英社WEB文芸「レンザブロー」二〇一七年四月〜二〇一八年九月
「日出ずるところ磐余の天子」「葛城の高木の神」
　「青春と読書」二〇一八年一月号〜六月号

本書は、二〇一八年十月、集英社より刊行されました。

周防　柳の本

八月の青い蝶

1945年夏、広島。その日落とされた一つの爆弾に、少年のほのかな恋心は打ち砕かれた——。戦時下の人々の生活を描き、鮮烈なデビューを飾った第26回小説すばる新人賞受賞作。

集英社文庫

周防　柳の本

逢坂の六人

記念すべきやまと歌初の勅撰集『古今和歌集』の選者に任命された紀貫之。歴史に残る歌集の成立を背景に、紀貫之と六歌仙たちとの関わりをドラマティックに描き出す長編時代小説。

集英社文庫

周防　柳の本

虹

最愛の娘が不審な溺死体で発見された。警察は自殺と断定し動かない。極度のうつ状態を経て、母は人生をかけて絶対に娘の死の真相を知ろうと決意し——。罪と罰を考える衝撃作。

集英社文庫

集英社文庫　目録（日本文学）

小路幸也　オブ・ラ・ディ　オブ・ラ・ダ　東京バンドワゴン
小路幸也　レディ・マドンナ　東京バンドワゴン
小路幸也　フロム・ミー・トゥ・ユー　東京バンドワゴン
小路幸也　オール・ユー・ニード・イズ・ラブ　東京バンドワゴン
小路幸也　ヒア・カムズ・ザ・サン　東京バンドワゴン
小路幸也　ザ・ロング・アンド・ワインディング・ロード　東京バンドワゴン
小路幸也　ラブ・ミー・テンダー　東京バンドワゴン
小路幸也　ヘイ・ジュード　東京バンドワゴン
小路幸也　アンド・アイ・ラブ・ハー　東京バンドワゴン
小路幸也　隠れの子　東京バンドワゴン零
白石一文　彼が通る不思議なコースを私も
白石一文　光のない海
白岩玄　たてがみを捨てたライオンたち
白河三兎　私を知らないで
白河三兎　もしもし、還る。
白河三兎　十五歳の課外授業
白澤卓二　100歳までずっと若く生きる食べ方
城山三郎　臨3311に乗れ
辛永清　安閑園の食卓　私の台南物語
辛酸なめ子　消費セラピー
新庄耕　狭小邸宅
新庄耕　ニューカルマ
真堂樹　帝都妖怪ロマンチカ　～猫又にマタタビ～
真堂樹　帝都妖怪ロマンチカ　～狐火の火遊び～
新堂冬樹　ASK　トップタレントの「値段」(上)(下)
眞並恭介　牛と土　福島、3.11その後。
神埜明美　相棒はドM刑事《デカ》　～女刑事・海月の受難～
神埜明美　相棒はドM刑事《デカ》2　～事件はいつもアブノーマル～
神埜明美　相棒はドM刑事《デカ》3　～横浜誘拐紀行～
真保裕一　ボーダーライン
真保裕一　誘拐の果実(上)(下)
真保裕一　エーゲ海の頂に立つ
真保裕一　猫背の虎　大江戸動乱始末
真保裕一　ダブル・フォールト
真保裕一　脇坂副署長の長い一日
周防柳　八月の青い蝶
周防柳　逢坂の六人
周防柳　虹
周防柳　高天原――厩戸皇子の神話
周防正行　シコふんじゃった。
杉本苑子　春日局
杉森久英　天皇の料理番(上)(下)
杉山俊彦　競馬の終わり
鈴木遥　ミドリさんとカラクリ屋敷
鈴木美潮　昭和特撮文化概論　ヒーローたちの戦いは報われたか
瀬尾まいこ　おしまいのデート
瀬尾まいこ　春、戻る
瀬尾まいこ　ファミリーデイズ

集英社文庫　目録（日本文学）

瀬川貴次　波に舞ふ舞ふ　平清盛
瀬川貴次　ばけもの好む中将　平安不思議めぐり
瀬川貴次　闇に歌えば　文化庁特殊文化財課事件ファイル
瀬川貴次　ばけもの好む中将　弐　姑獲鳥《うぶめ》と牛鬼
瀬川貴次　ばけもの好む中将　参　天狗の神隠し
瀬川貴次　ばけもの好む中将　四　踊る大菩薩寺院
瀬川貴次　暗夜鬼譚　春宵白梅花《しゅんしょうはくばいか》
瀬川貴次　ばけもの好む中将　伍　冬の牡丹燈籠
瀬川貴次　暗夜鬼譚　遊行天女《ゆぎょうてんにょ》
瀬川貴次　ばけもの好む中将　六　美しき獣たち
瀬川貴次　暗夜鬼譚　夜叉姫恋変化《やしゃひめこいへんげ》
瀬川貴次　ばけもの好む中将　七　花鎮めの舞
瀬川貴次　暗夜鬼譚　血染雪乱《ちぞめゆきみだれ》
瀬川貴次　ばけもの好む中将　八　恋する舞台
瀬川貴次　暗夜鬼譚　紫花玉響《むらさきたまゆら》
瀬川貴次　ばけもの好む中将　九　真夏の夜の夢まぼろし

瀬川貴次　暗夜鬼譚　五月雨幻燈《さみだれげんとう》
瀬川貴次　ばけもの好む中将　十　因果はめぐる
瀬川貴次　暗夜鬼譚　空蝉挽歌《うつせみばんか》〈前〉〈中〉〈後〉
関川夏央　石ころだって役に立つ
関川夏央　「世界」とはいやなものである　東アジア現代史の旅
関川夏央　現代短歌そのこころみ
関川夏央　女流　林芙美子と有吉佐和子
関川夏央　おじさんはなぜ時代小説が好きか
関口尚　プリズムの夏
関口尚　君に舞い降りる白
関口尚　空をつかむまで
関口尚　ナツイロ
関口尚　はとの神様
関口尚　明星に歌え
瀬戸内寂聴　私小説
瀬戸内寂聴　女人源氏物語　全5巻

瀬戸内寂聴　あきらめない人生
瀬戸内寂聴　愛のまわりに
瀬戸内寂聴　寂聴　生きる知恵　法句経を読む
瀬戸内寂聴　一筋の道
瀬戸内寂聴　寂庵浄福
瀬戸内寂聴　寂聴巡礼
瀬戸内寂聴　晴美と寂聴のすべて　1（一九二二～一九七五年）
瀬戸内寂聴　晴美と寂聴のすべて　2（一九七六～一九九八年）
瀬戸内寂聴　わたしの源氏物語
瀬戸内寂聴　寂聴源氏塾
瀬戸内寂聴　寂聴仏教塾
瀬戸内寂聴　まだもっと、もっと　晴美と寂聴のすべて・続
瀬戸内寂聴　わたしの蜻蛉日記
瀬戸内寂聴　寂聴辻説法
瀬戸内寂聴　ひとりでも生きられる
瀬戸内寂聴　求愛

S 集英社文庫

高天原《たかまのはら》——厩戸《うまやどの》皇子《みこ》の神話《かみばなし》

2021年10月25日　第1刷　　定価はカバーに表示してあります。

著　者　周防《すおう》　柳《やなぎ》

発行者　徳永　真

発行所　株式会社　集英社

東京都千代田区一ツ橋2-5-10　〒101-8050

電話【編集部】03-3230-6095

【読者係】03-3230-6080

【販売部】03-3230-6393（書店専用）

印　刷　凸版印刷株式会社

製　本　凸版印刷株式会社

フォーマットデザイン　アリヤマデザインストア　　マークデザイン　居山浩二

本書の一部あるいは全部を無断で複写・複製することは、法律で認められた場合を除き、著作権の侵害となります。また、業者など、読者本人以外による本書のデジタル化は、いかなる場合でも一切認められませんのでご注意下さい。

造本には十分注意しておりますが、印刷・製本など製造上の不備がありましたら、お手数ですが小社「読者係」までご連絡下さい。古書店、フリマアプリ、オークションサイト等で入手されたものは対応いたしかねますのでご了承下さい。

© Yanagi Suo 2021　Printed in Japan

ISBN978-4-08-744308-0 C0193